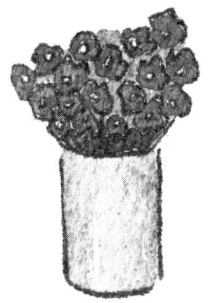

倘若有柚子

グリーンピースの秘密

[日] 小川糸 ◎ 著

廖雯雯 ◎ 译

目录 | 倘若有柚子

1月1日	倘若有柚子 .001
1月8日	松之内 .008
1月10日	丢失的钱包 .012
1月15日	冬日远足去 .018
1月21日	自吹自擂 .023
1月26日	周四的享用方式 .028
1月30日	爱因斯坦的格言与…… .032
2月9日	酷寒与灼热 .035
2月12日	正月 .040

倘　若　有　柚　子

2月16日	在寒冷的天空下	.044
2月26日	记忆的旅宿	.048
2月28日	下回见！	.057
3月9日	超级joyful	.059
3月16日	第二回自吹自擂	.065
3月19日	道	.070
3月25日	夏令时	.074
4月15日	春日来临	.078
4月20日	托词	.082
4月25日	春日有点……	.086

5月4日	青豌豆的秘密	.090
5月12日	听着广播	.095
5月14日	去巴黎	.099
5月18日	签售会	.102
5月20日	欧塞尔文学节	.107
5月23日	法兰西之梦	.111
5月30日	宛如障碍赛跑	.115
6月12日	仿制梅子酱	.120
6月18日	家庭寄宿	.124
6月22日	母亲之业	.128
7月2日	100年	.134

倘　若　有　柚　子

7月29日	教堂巡礼	.138
8月5日	纳凉	.142
8月16日	前往比亚比亚比亚比亚比亚之森	.146
8月27日	原生林	.151
8月29日	夏日的尾巴	.154
9月2日	周日的清晨	.159
9月16日	关于拥抱	.162
9月23日	苹果蛋糕	.169
10月2日	拒绝的力量	.173
10月7日	扫除用具	.180
10月11日	十里不同风	.186

10月18日	我家的洗衣机	.191
10月20日	以心传心	.196
10月27日	湖泊三姐妹	.199
11月3日	去泡鞍马温泉	.203
11月11日	缘	.206
11月15日	山与湖,以及河川	.212
11月17日	缝制抹布的好日子	.216
11月22日	寻找饭食!	.218
11月28日	请问您是哪位?	.223
12月3日	谢谢!	.228
12月11日	自我的色彩	.234
12月16日	你好,冬雪	.239

グリーンピースの秘密

倘若有柚子

倘若有柚子

1月1日

企鹅向我询问五目醋拌的制作方法。

"让我想想,那道菜现在可没法做呢。"随口说完这话,我本不打算再理会他,然而转念一想,也对,正月[1]里终究还是想要尝尝它,不如借此机会试一试。怀着这样的心情,从昨日起我便仓促地开始制作五目醋拌。

话虽如此,眼下我家并没有三浦萝卜,倘若选择平日常用的食材,根本无法做出像样的五目醋拌。为此,这回我决定以

---

[1] 日本的正月本是旧历一月的别称,现多指新历一月。——译者注(本书中如无特殊说明,均为译者注)

晒干的牛蒡与莲藕为基础材料，烹制一道柏林版五目醋拌。

另外，家里尚有一些胡萝卜。我将胡萝卜切成细丝，把香菇旨煮[1]切作小块，又煮熟了仅剩的五块油炸豆腐，拌入焯过水的牛蒡、莲藕。

俗话说，入乡要随俗。

我家用来拌菜的日本醋这几天碰巧吃完了，只好用意大利香醋代替。

到这一步为止，一切还算顺利。

倘若能加一点柚子，这道菜便堪称完美无缺了。这样想着，我将做好的五目醋拌放进了冰箱。

事实上，去年我一直琢磨着，至少要让母亲最后品尝一次我亲手制作的年菜，为此拟定计划，做了各项准备。

然而，母亲的病情比预想中严重，恶化得异常迅速，年末时我的构想已经没法实现。

可以说，今年我是带着供佛的心情，制作了这道料理。

明日早起后，盛一些五目醋拌供奉在佛龛前吧。

---

1. 用蔬菜、肉类、酱油、甜料酒等烹制的日式炖菜。

说起来，每年制作五目醋拌时，我的心情都分外紧张。

这是一年仅此一回的菜品，不仅要分量十足，而且需要使用上好的食材，绝不允许失败。

所以，我会像摸着石头过河一般，格外谨慎地反复试味，力求做出最正宗的口味。

除夕夜，企鹅独自享用了寿喜烧。

白天时他曾问我，如何制作寿喜烧的佐料汁。

"很简单啊。"我回答，接着便将娘家的传统调味方式告诉了他。

借此机会，也在这里与大家分享。

日本酒、砂糖、酱油的分量比为 3∶1∶1。

按此比例调好佐料，煮沸、冷却，便大功告成了。

只要放入冰箱冷藏，能够保存很长时间。

今天收到读者寄来的读书卡片，我一边浏览，一边麻利地展开大扫除。

实际来到德国搬进当地的房子居住一段时日后，我或多或少理解了德国人的扫除癖好。

在我的认知里，德国人并非爱好整洁，而是热衷于扫除本身。

说到爱好整洁这点，感觉上倒是意大利人远胜德国人。至于法国人，他们既不爱好整洁也不爱好扫除。

由于德国人痴迷用具与器械，故此十分热爱扫除用具。

逛完某家在圣诞市场出摊的刷具专卖店后，我禁不住这样想。

聚集在那家店铺里的德国人（尤其是男性），兴奋得双眼熠熠生辉。

确实，德国的住宅总是令人忍不住想要展开大扫除。

并且扫除过后的效果特别明显。

比如珐琅材质的浴缸、白色的瓷砖等，家里的每处细节似乎都引诱着人去打扫。

可是，我又觉得，德国人愿意打扫得干干净净的地方，说到底只有自己家中罢了。

一旦外出，街上随处可见吸完后乱扔的烟蒂，走失的狗狗则迟迟无人认领。

在这里，几乎感觉不到"保持街区整洁"的公共意识。

又或许，只有柏林才是如此。

圣诞节前一日，不少人手上都拎着装有马铃薯的大袋子，到了除夕[1]这天，大家手里的东西则换作烟花。

因为每年只有这个时间段，才能在商店里买到烟花。

并且，在除夕夜燃放烟花、无拘无束地嬉笑打闹，似乎已成惯例。

值得一提的是，我家所在的公寓前方有一个公园，听说那里是燃放烟花的绝佳之地……

我自己倒是无所谓，不知爱犬由利乃对此又会有何感想。

听说在柏林，倘若家里养着宠物犬，主人大多会在这天带上狗狗去乡下避难。

此刻，烟花一束束升上天空，而且那些人大多站在公寓阳台上肆无忌惮地燃放，令我打从心底感到恐惧。

听说有人甚至会朝自己点燃烟花。

得知此事，我不由得心惊胆战。

便是在我时断时续的思绪里，日本那边已至深夜十二点，新的一年来临了。

---

1. 日本的除夕为新历一月前一天，与中国不同。——编者注

新年快乐。

今年也请多多关照!

今年,我的目标大约是进行园艺尝试。

有时我会想,要是能够生活在离地面更近一些的地方就好了。

以及,倘若将来能在我家的庭院里收获柚子,那便足以让人欢呼雀跃。

距离那一天应该还有很长、很长的路要走。

今晚,我把剩下的半块牛排煎熟,搭配的不是跨年荞麦面,而是跨年意大利面。

最近,我格外钟爱且时不时制作的一道料理是羊栖菜纳豆意大利面,只需要将面条与事先做好的羊栖菜、纳豆拌匀就行。

至于意大利面,因为我偏爱菜豆状、外形稍显奇特的短面条,所以今晚也选用它作为料理的主角。

时至今日,提及意大利面,企鹅依然会在第一时间联想到那种常见的细长面条,看见短款意式面条,便会流露嫌弃的神情。

不过,既然只需做一人份,短款意大利面实在是非常便利的选择。

反正是除夕,不妨喝些红葡萄酒吧。

可惜明天清晨我打算起来工作,要不还是算了？一时之间,内心有些犹豫不决。

哎呀,这会儿又有烟花不知从何处蹿上了夜空。

果然,除夕夜还是适合像在日本时那样,安安静静地度过。

铛——铛——钟声回荡,除夕夜的钟声令人无限怀念。

唯愿新的一年也是平平安安、充满欢声笑语的精彩一年！

松之内

1月8日

一如日本有"松之内[1]"的说法,在德国,每年亦有类似的习俗,从日期来看,大约在昨天或今日。

怀着"圣诞已经结束"的心情,节日一过,人们便纷纷将家里用作装饰的圣诞树扔到街上。

这种扔弃方式十分大胆,堪称随心所欲。

比较文明的扔法,是将圣诞树放在路边植有行道树的区域内,然而,有的人甚至会把圣诞树从公寓窗口直接扔到楼下,做法极其简单粗暴。

---

1. 新年来临时日本人在自家门前装饰松枝的几日,一般从元旦到一月七日或十五日。

每当路过公寓楼下，我都提心吊胆，生怕被楼上飞落的不明物体砸中。

说来，我更偏爱像日本人那样，将关照我们一整年的破魔矢[1]或正月装饰点燃、焚烧，这样的方式反而令我感受到其中的温柔。

若论简单粗暴，当数除夕夜那些荒诞可怖的烟花。

除夕夜里，原本由利乃正安安静静地睡觉，临近深夜十二点，周围逐渐变得热闹，不断有烟花在四面八方绽放，声音响彻夜空。渐渐地，由利乃也如同过度呼吸一般，张大嘴急促喘息。

我觉得很吵，完全睡不着，只好钻出被窝。结果，这一等便等到深夜两点，烟花终于燃放完毕。

若只听声音，户外像是在发射炮弹，由此也能一窥战争的恐怖。

除夕夜的烟花可谓是柏林名产，日本人向来对此颇有诟病。我的想法也一样，从今往后对它概不接受。

虽说柏林各地略有不同，但总体而言，嘈杂程度不相上下。

---

1. 也称"破魔箭"，日本的一种仪式福物，在民间用于驱邪祈福。——编者注

或许我所居住的地区算不得特别吵闹，听说某些地方更加夸张，有人甚至站在自家露台上，瞄准街对面的公寓露台点燃烟花。

真可怕。

我想，这样做一定会引发事故。

周日，我搭乘路面电车，前往数站之外的公园。

隆冬时节的公园令人神清气爽。

哪怕气温低至3℃，公园里仍旧热闹非凡，四处能够看见有人散步或是长跑。

我解开牵犬绳，让由利乃享受久违的自由。

一位陌生老奶奶坐在电动轮椅上，牵着黑色的狗狗闲逛。待看见由利乃身上的衣服，老奶奶表现出极大的兴致。

回家路上，等待电车进站时，再次遇见一位老奶奶。对方主动与我攀谈起来。

由于老奶奶语速缓慢，她的话便格外好懂。

今年的第一个目标，是同德国老奶奶成为朋友。

老奶奶打扮时髦，脚上穿着一双红色的鞋子，头戴同色帽子。她凝视着由利乃，对我说："从前哪，我也饲养过约克夏和哈士奇,可后来它们都死了。"

其实我心里有预感,老奶奶或许会与我谈论这种话题。

老奶奶好似十分怀念昔日饲养的宠物犬,说话时不停用手抹着眼泪。

我很想说些体己话安慰她,却因尚未掌握如此高级的德语词而张口结舌,为此感觉格外难为情。

得更加努力才行啊。

冬至已过,尽管白昼并未忽然变长,可我依然觉得夜幕的降临越发迟了。

这大约是因为越过深冬,精神上的日照时间随之延长。

从今往后,时间将一天天临近春日。每当想到这里,心情便很放松。

再过两个月,我来到柏林就满一年了。

真快。一年的时间转瞬即逝。

仔细想想,真是变幻无常的一年呢。

丢失的钱包

1月10日

事情发生在昨天。

午后,我带着由利乃外出散步,顺道造访公寓附近的一家杂货店。

店铺离我家很近,步行前往只需不到十分钟。这几日,店里正在搞降价促销活动。

我的目标是此前看中的一款珐琅托盘,今日购买能够享受百分之五十的价格优惠。

牵着由利乃散步时,我习惯带上散步专用的单肩包。

通常我只会在包里准备少量现金,但考虑到昨天需要购物,倘若东西买得太多,还得搭乘地铁,于是出发前我把银行卡(与信用卡类似，可直接用于购物）和月票卡一块儿塞了进去。

　　幸运的是，我用银行卡顺利购得那款打五折的珐琅托盘，手上的东西也不多，因此依旧步行回家。谁知待我回到家里，取下散步用的单肩包，咦？怎么感觉包包莫名其妙变得轻了些？

　　毕竟钱包里装有不少零钱，欧元的硬币还是很重的。

　　一定有问题。思及此处，我慌忙打开单肩包翻找，发现钱包果然不见了。

　　我首先想到的是那家店铺。

　　或许钱包被我忘在了店里。这样想着，我立刻打电话联系店铺，店员回复我：没有看见钱包。

　　从我家到店铺，路途并不遥远，加上发现得很及时，我想，不如暂时顺着原来的路线找回去，于是再度出门。

　　然而，路上依旧没有看见我的钱包。

　　我只好返回店铺，详细说明钱包的外观，并且留下联络方式，拜托店员为我留意是否落在了店里，一旦找到，请立刻与我联系。

　　接着，我便赶去银行办理银行卡挂失业务，并申领了一张新卡。

　　既然店里也没找到，那么只可能是遭遇了小偷。

那个散步专用的单肩包没有配备拉链或搭扣，方便随时拿取东西。

在此之前，企鹅时常叮嘱我，最好换一个有拉链的包。

不过，因为单肩包始终被我夹在腋下，所以我很清楚当时的状况。

也不记得自己曾挤入人群。

这样看来，对方能够神不知鬼不觉地偷走钱包，必定是相当娴熟的老手。我可不愿意自己的钱包被用来做什么坏事。

尽管对方不知道密码，无法盗取银行卡里的存款，但我仍旧惴惴不安。因为包里有我的护照复印件与身份证明复印件。

而且，那张月票卡还剩十天的有效期，就这样被人偷走，实在太不甘心了。

哪怕现金的数额并不多，不至于让我辗转反侧难以成眠，可那毕竟是我有生以来丢失的第一个钱包。我明白一切是自己的疏忽大意造成的，格外消沉。

说起来,我的确已经习惯在柏林的生活,以至于放松了警惕。

我甚至悲观地想，这下连自己的住址、姓名、电话号码都曝光了，要是家里再进小偷，岂不是更加糟糕。

我早已放弃追回现金的念头,只是十分舍不得那个钱包,它用起来非常方便。

想着它已被丢进不知何处的垃圾箱,我便分外难过。

不料,今日散步前,我查看自家邮箱时,竟然意外地发现了那个钱包。

里面的现金包括零钱都理所当然地不翼而飞,但银行卡仍旧安然无恙地躺在包里。说好听些,便是对方将我的钱包好好整理了一番,然后送还给我。令我开心的是,月票卡也回来了。

除此以外,搭配月票卡使用的乘车券也在里面,也就是说,这次丢失的只有现金。

于是,我又贪心地想,早知如此,昨日就不该慌里慌张地跑去银行办新卡,应该静静等上一晚,观察情况。

不过,我其实也在心里暗暗期待,盼望事情能像这样结束。

因此,在邮箱里看见失而复得的钱包时,我开心得差点跳起来。

我猜,或许对方是在店里拾到钱包,只拿取了里面的现金,然后决定把它还给我。

又或许是对方拿走了现金，随意把钱包扔在路边，后来钱包被好心人捡到，送了回来。

不过，如果是后者的话，应该会有行人提醒对方"你的东西落下了"，这样看来，果然还是最初拾到钱包那人送回钱包的可能性更大。

在日本，拾到钱包的人大多会分文不取地将钱包原样奉还，尽管这一次不如在日本那般幸运，可毕竟也很有柏林的风格，我感慨地想着。

更何况，对方还将钱包直接塞进了我家门口的邮箱。

说起来，上午曾听见两次门铃声响，我询问是谁，对方却一言不发。

平日由于忘带钥匙而让家里人为自己开门的事屡见不鲜，大家也都习以为常。或许这一次，对方确定我人在家里后，便将钱包放进了邮箱（推测）。

既然对方特意送回钱包，包里的现金也只值几千日元，不如就当用那些钱换了一顿好吃的吧。

虽然为申领新卡支付了一笔手续费，但这件事的结局总归不算太坏，我决定不再计较。

接下来，我动作利索地找来链绳之类的东西，将钱包与单肩包系在一块儿。

具体来说，是用别针把链绳一端固定在单肩包上，另一端与钱包相连。推荐大家试试这种方法。

钱包是企鹅的姐姐送我的礼物，如今能够安然无恙地回到我身边，真是太好了。

可喜可贺，可喜可贺。

冬日远足去

1月15日

周末,我与两位闺密享受了一趟女子三人组的冬日远足。

这次,我们在温泉酒店住宿一晚。

提及温泉,大家往往以为这是日本特有的风情,其实德国也有不少温泉。

我们购买的是被称作"勃兰登堡诊疗卡"的车票,此票可供五人在勃兰登堡州境内随意搭乘电车与巴士。

电车出发没多久,我们便迫不及待地打开了便当盒。

我准备的便当是手捏饭团。

我们三人年龄相仿,其中最年长的是我。每当与她们一块儿旅行,出发前我总会干劲十足地准备一些美味料理,期望让妹妹们品尝。

  这回，我决定用从日本带来的烤盐渍鲑鱼做些饭团。

  相比略带甜味的盐渍鲑鱼，我更偏爱咸味醇正的那种。

  平日里，哪怕只有少许盐渍鲑鱼也非常下饭。

  除了饭团，我还备有炖香菇和酱菜。

  "咦？学校[1]？学校是什么意思？"

  两人一边津津有味地吃着酱菜，一边惊讶地问。事实上，我刚才提到的并非"学校"。

  本次旅行的目的地，是靠近波兰国境，位于施普雷瓦尔德地区的一处温泉。

  当地的温泉设施类似日本的超级钱汤。

  听说温泉盐分浓度极高，与死海相差无几。

  我对此格外期待，很早以前便在计划这一趟冬日远足。

  下电车后，前往巴士站的途中发生了一段有趣的小插曲——由于找不到巴士站，我们三人完美错过了想要搭乘的巴士。尽

---

1. "酱菜"在秋田方言里读作 Iburigakko，"学校"的日语发音为 gakkou，因此这里很可能是作者的朋友误听。

管如此，温泉依然没有令人失望。

在德国蒸桑拿浴，基本是男女混浴，并且所有人赤身裸体，这处温泉却设有穿着泳衣泡澡的区域，我首先在那里享受了一番。

宽敞的室内浴池、桑拿浴室，以及户外的露天温泉构成一组丰富的变奏曲，而彻底俘获我们心灵的，是身体浸泡在温泉里时那种悠悠荡荡的感觉。

由于温泉盐分浓度极高（渗入嘴里的池水确实很咸），身体能够完全浮在水面，晃晃悠悠，随波荡漾。

其实，我在爱沙尼亚也曾有过类似的经历，那感觉太过美好，至今依旧难以忘怀。

仅仅漂浮在水面，心情便格外舒畅。

仿佛将身体完全投入广袤的宇宙，尽情荡漾。

算起来，我大约在浴池中泡了两小时。

本想一直泡下去，奈何接下来还得办理酒店入住，我只好心不甘情不愿地起身，暂且中断随波荡漾的对温泉的享受。

下次，一定要在温泉里消磨整整一天。

离开浴池，发现外面早已夜幕降临。

我们原本打算入住温泉设施内的配套酒店，可惜预订时被告知已经客满，不得不临时改为附近的 BIO HOTEL[1]。

虽说就在附近，步行前往也得花三十分钟左右。

路上没有路灯，我们三人便在伸手不见五指的夜色里艰难前行。

还好机动车道旁设有人行道。

反正什么也看不清，只能顺着人行道往前走了。

就这样，一行三人总算抵达 BIO HOTEL。

这家酒店的装潢十分雅致，几乎挑不出缺点。

客房配有桑拿浴室，可以说非常细致周到。

晚饭也是在客房里享用的。

三名女子品尝着美味的葡萄酒，沉醉于温泉浴后的新年聚会。

尽管各自心里都装满烦恼，然而能像现在这样相互激励、分享生活中的快乐与不幸，也是幸事一桩。

"我啊，自从年满二十岁，就再也没有和闺密一块儿旅行

---

1. 一种生态酒店。

了。"不知是谁说了一句,其余两人忙不迭附和:"我也是,我也是。"

在我的印象中,最近我的确不再参加只有女子的小旅行。

不过,旅途中没有男性,确实能够让人精神放松,有种修学旅行般的快乐。

无论做什么都很开心,晚上回到房间里,还能一边喝茶一边聊天。

翌日的早餐相当丰盛,有沙拉、香肠、火腿等等,令人无比满足。

比起最初希望入住的那家酒店,这里更加适合我们。

昨晚光线昏暗,完全看不清庭院景致。此时才发现,原来院里有片池塘,今早池面已经结了冰。

离开酒店后,我们朝巴士站走去,大约仍要步行三十分钟。

回程看见路边的薄霜,晶莹剔透,十分漂亮。

自吹自擂

1月21日

听说酿制味噌只需三个月左右便可食用,然而新年一过,家里已经飘起味噌的香气,于是我决定提前开封。

或许是因为放置在较为暖和的地方,所以发酵速度加快了吧。

中途有一回曾出现冒气的情况,好在排气后也并未生霉。

我想,这可能得益于制作酱醪时几乎没有加入大豆汤汁,尽量保证了酱醪的干燥。

我忐忑不安地尝了尝发酵好的酱醪,已经完全变成味噌了!

而且滋味十分鲜美。

很好,这次的酿制非常成功。

接下来，我家便能随时吃到我亲手酿制的味噌了。

酱醪的发酵方法有很多种，比如有的人家会将酱醪放在很大的容器里进行发酵，不过这一次，我尝试使用带有拉锁的保鲜袋来发酵。

结果证明，这种方法格外简便高效。

不仅密封效果好，而且中途排气时，只需将拉锁轻轻打开一点，就能保证气体排出，十分容易操作。

倘若发酵时接触到空气，酱醪就会生霉。

因此，酿制味噌的一个诀窍是，尽量保证它在整个发酵过程中都与空气隔绝。

这回，我是将所有酱醪统一装在大袋子里发酵的，下次打算把一部分酱醪装在小袋子里酿制。

这种方法便于操作，为酱醪翻面时也更加轻松。

酿好后，还能很好地控制味噌的用量，十分便利。

至于大袋子里的味噌，则分成小份存进瓶子里。

一点一点，慢慢与朋友分享。

昨天，我迫不及待地舀了一小勺味噌，搭配橄榄油，拌在蒸熟的胡萝卜上享用。

胡萝卜来自每周五在市场（青空市集）上出摊的一家蔬果店，滋味鲜美。

由于是间苗栽培的品种，尽管大小不一，却很新鲜，煮熟后带着隐约的回甘。

在市集上看见后便忍不住买回家，以至于最近总在吃胡萝卜。

味噌配橄榄油，口感十分和谐。

这次酿制时，我尝试加入等量的麦曲和米曲。

酿好后发现味道与此前的相差不大，难分伯仲。

就个人偏好而言，我更中意麦曲发酵的味噌。

下回说不定单纯使用麦曲发酵也不错。

现在，独自生活在东京的企鹅似乎沉迷于学做料理，每天都会积极地传来照片，让我欣赏他亲手制作的料理。

确实，每道菜看起来都很美味。

我向来畏寒，最近也减少了外出时间，像他一样热衷于亲自做饭。

正值"冬眠"时期，我的餐桌上几乎都是从日本带来的干货。

因此，这个季节的饮食可谓非常健康。

虽然白天依旧会去咖啡馆，但晚饭几乎都是自己做的，每周只有一次在外就餐。

夏季外出，冬日宅家。

这种节奏真的非常具有柏林风格。

不过这几日，我陷入了与煎饺的苦战中。

不知为何，我总是煎不好家里的速冻饺子，已经接连失败四次。

回想起来，或许是因为人生的第一次煎饺做得太过成功，以至于扬扬自得，根本不把做煎饺这事放在心上。

在此提醒初学者，切忌骄傲自满。

不妨想一想，下次也能煎得如此成功吗？

对了，告诉大家一个好消息。

《闪闪发光的人生》[1] 获得二〇一八年书店大奖提名！

这是继去年之后，拙作第二次获得该奖项的提名。

内心格外喜悦。

---

[1]. 作者于 2017 年出版的小说，是其代表作《山茶文具店》（2016 年）的续篇。

对不起，忍不住自吹自擂了一番。

周六的清晨，阳光和煦。

前天，从花店买回的几束球根花卉盈盈绽放，是母亲最爱的浅粉色风信子。

翘首以盼的春日，就快来了。

周四的享用方式*

1月26日

企鹅发来信息,说家里洗衣机的脱水功能出了故障。

得知此事,我不禁叹息,那台洗衣机明明并未使用多长时间啊。谁知过了几小时,他又发来信息,告诉我洗衣机已经修好了。

看来是天气寒冷的缘故,水管里的水容易冻结,导致脱水无法顺利进行。

加点热水进去,不一会儿便解决了问题。

---

* 此篇为作者周五写周四发生的事。后文亦有在后一天记述前一天发生之事的情况。

我感到诧异，原来柏林比东京还要暖和，前天与昨天，这里的最高气温均超过10℃。

这种天气在冬季的柏林并不多见，因此，大家好似都有些欢欣雀跃。

今日这么暖和，真想吃点冰淇淋啊。我甚至在脑海中异想天开地盘算着。

入冬以来，柏林尚未真正下过一场雪。

先前池塘上结的冰，已经融化。

难道今年会这样轻松地迎来春天？

昨日午后，我享受了一次桑拿浴。

那是一家朋友介绍的桑拿水疗馆，就在我家附近，昨日专门接待女性顾客。

虽然我并不介意男女裸身混浴，但只有女性顾客的话，更能令人放松情绪。

整个水疗过程非常舒适！

负责提供相关服务的小姑娘每小时进来指导一次，类似某种洗浴仪式。

因此，时间一到，大家就陆续前往桑拿室集合。

耳边飘荡着印度风情的钟声，混有香薰精油的水加热后变成蒸汽，毫不吝惜地洒落在身上。

然后，形如巨大团扇的设备不停转动，搅动着空气，为每个人送去热风。

仅是这个过程，便让我浑身冒汗。

昨日，桑拿室里弥漫着橘子、葡萄等水果，以及薰衣草精油的芬芳。

令我尤其开心的是中途品尝到的水果。

正当我心道"好热，好热，不行，我要到外面去了……"的时候，服务员送来冰凉可口的水果。

我汗流浃背地大口吃着葡萄，这一刻，觉得它无比美味。

室外有个小小的庭院，倘若蒸浴后客人感觉闷热难耐，可以坐在院里的长椅上休息。

一旦身体冷下来，即可返回桑拿室；待体热发汗后，便再次回到庭院。

依照这个节奏，完成一小时一次的桑拿仪式。

如此循环往复，三小时很快过去。

水疗馆里专门设有供客人躺下休息的房间,是疗愈身体的最佳场所。

全馆多以蜡烛照明,光线毫不刺眼,这是格外加分的细节。

巨大的屏幕上始终播放着自然清新的影像,馆内的氛围静谧而恬适。

如果是男女裸身混浴,客人只能盘腿静坐,我对此颇为抵触,还是女士日这种服务方式让人更加放松。

我已完全迷上这家水疗馆的桑拿浴。

昨日蒸完回家,整个人精疲力竭,但多亏了桑拿浴,身体倍感轻盈,而且神清气爽。

我决定,每逢周四的午后,便在桑拿水疗馆里度过!

1月30日 爱因斯坦的格言与……

"相比惶惶不安地追逐成功,宁静质朴的生活反倒能为我们带来更多喜悦。"

这是爱因斯坦的一句格言。

据说,爱因斯坦曾在一九二二年留宿东京帝国酒店期间,将这句话作为小费,送给辛勤工作的服务生。

此事轰动一时,很快上了报纸。

后来,服务生的妹妹把写有这句话的信笺小心翼翼地收藏在保险柜中。

多年以后，信笺从横滨辗转来到德国，被一位男子偶然获得。这位男子的父亲是日本人，母亲是德国人。

男子时年三十五岁，在投资公司工作，家住汉堡。某日搬家时，他在橱柜抽屉里发现一个信封。

信封里装着的，正是那张信笺。

男子担心自己无法妥善保存信笺，决定将其拍卖。

最终，信笺以一亿六千九百万日元（含手续费）的价格售出。

那句格言是多么启迪人心啊！

男子究竟为什么要卖掉它呢？明明这是他的奶奶珍藏多年的宝物。

不过如果急需用钱，倒是情有可原。

我暗暗思索着。

话说回来，这句格言竟然出自近百年之前，简直不可置信。

它是爱因斯坦对活在当下的我们给予的谆谆教诲。

今天，我家邮箱里躺着两封书信。

均是从日本寄来的。一封来自因工作结识，其后仍保持联系的摄影师朋友。

另一封来自大学时代的友人。

去年的见面会，对方恰好也参加了。

这位大学友人随信附赠了两首由她亲手誊写的长田弘先生的诗。

一首是《食物之中》，一首是《风吕吹萝卜的食用诀窍》。

每首诗都深合我意，直击人心。

我打算将它们贴在厨房的墙壁上，日日诵读。

马上就是二月了。

柏林的冬天似乎迟迟不肯到来，也许今年会暖暖和和地迎来春天吧。

衣柜里最保暖的那件大衣，已无用武之地。

不过，我仍旧暗自期待着，希望公寓前的池塘能够冻得结结实实，然后我便可以在那里滑冰。

心里有些许愿望落空的寂寞。

梅花，会在何处绽放呢？

酷寒与灼热

2月9日

来了来了来了来了，寒冷的冬天。

柏林终于迎来像模像样的冬天。

最高气温0℃，最低气温-6℃。

这样的天气，我已等候多时。

不过,由于今日晴空万里,待在家里其实察觉不出任何变化，仿佛与普通晴天一般无二。

柏林的房子大概造得特别坚实，哪怕深冬时节，屋内也暖烘烘的，不像日本的家中那么冷。

也正因如此，来到户外，我才大吃一惊。

晴好的天气换来舒畅的心情，在外散步并不吃力。

视线所及之处，有人享受日光浴，有人顶着严寒，坐在室外喝咖啡。

耳畔开始传来啁啾的鸟鸣。

本周的天气基本如此，我索性蜷在家中，专心看电影。

《海边的生与死》很不错，《四十五周年》拍得也挺感人，《永远的托词》更是十分精彩。

A FILM ABOUT COFFEE[1] 是一部关于咖啡豆巡礼的纪录片。看完这部片子，我终于明白平日里随随便便饮下的咖啡有多么来之不易，并为自己的过量饮用默默反省。

除此之外，我重温了一遍以前看过的电影《希特勒回来了》，借此机会复习德语。

倘若将影片与现实中德国的国情、风景两相对照，会领悟到更加深刻的东西。

所有电影中，最让人难忘的是《我留给你的礼物》[2]。

作品通过纪录片的形式，讲述 NFL（美国职业橄榄球大联盟）

---

1. 一部拍摄于 2014 年的纪录片，介绍咖啡的文化、历史。
2. 影片的中文译名为《渐冻人生》。

的前人气球员史蒂夫·格里森罹患 ALS（肌萎缩侧索硬化）后，仍旧顽强生活的故事。

这部纪录片的灵感，源自格里森本人拍摄的影像日记。

几乎在他确诊的同时，妻子米歇尔发现自己怀有身孕。

这是两人的第一个孩子。

恐怕再也没有比他的经历更加跌宕起伏的人生际遇。

这部影像日记，便是格里森留给即将来到人世的儿子的一份礼物。

影片中的格里森看上去曾是那样有活力，随着病情恶化，他渐渐失去支配身体的自由。

而始终支撑他不倒的米歇尔，也是一位坚强果决的女性。

两人的儿子，名叫里巴斯。

由于无法亲手给儿子一个拥抱，格里森便让儿子坐在电动轮椅上嗖嗖嗖地转圈玩耍。

影片向我们展示出，人类的身体深处究竟潜藏着多么巨大的能量。

格里森所经历的一切，很难用"百折不挠"等简单的词予以概括。

他与父亲之间的重重牵绊，也让他品味了寻常人无从邂逅的光与影。

尽管如此，他充满斗志的形象依旧令人折服。

格里森的积极行动，让无数ALS患者获得关注与救治。

这是唯有他才能做到的事情。

随着身体日渐虚弱，格里森最终丧失了说话能力。

他变得骨瘦如柴，这在他还是一名现役橄榄球手时，是绝对没法想象的。

然而，他闪闪发光的灵魂始终具备动人心魄的美。

话说回来，科技的进步实在无比神奇。

不仅能让我们从网络上轻松地下载电影，还能让失去言语能力的格里森运用先进的医疗设备，凭借视线的切换表达自己的想法。

影片播放时，从屏幕里传来格里森本人的声音，仿佛他正对着我们娓娓倾诉。

据说时至今日，格里森依然在为ALS的相关医疗技术开发贡献自己的力量。

由于想看的电影太多,我打算将这个月定为电影观赏月。

昨天是周四,我照例前往公寓附近的水疗馆蒸桑拿。

在酷寒与灼热的交替往来中,挥汗如雨。

虽然裹着薄薄的浴衣站在气温不足0℃的户外,光是想想也不禁浑身发抖,但实际尝试起来心情格外愉悦,令人欲罢不能。

至于今日午后,便去参加塑形理疗课程吧。

正月　2月12日

上周末，企鹅来到柏林与我会合。时隔多月，我家终于全员到齐。

我与他尚未一块儿正式迎接新年，眼下总算有了正月的气氛。

夜里，我们三个呈川字形躺在床上，由利乃睡在我俩中间，我的内心果然一下子变得平静而舒坦。

不知由利乃对眼前的状况理解到了什么程度，不过它看上去也十分高兴。

企鹅从日本带来了年糕，未来几天总算可以吃到菜汤年糕了！

昨日参加了一场钢琴音乐会，听说会场是由原先的钢琴修理工场改建而成的。

我还是初次踏足这种地方听钢琴演奏，整体氛围令人沉醉。

钢琴家们各自坐在一架钢琴前，为听众带来一场精彩纷呈的表演。

音乐会于周日晚上八点拉开帷幕，尽管会场缭绕着隐隐约约的寂寥之感，却依然吸引了大约三百名观众前往观赏。在柏林，能够举办一场这样的音乐会，将大家好好地聚集起来，着实不易。

门票售价二十五欧元（含饮料费用），相当实惠。吃过晚饭，邻居们穿着普通的家常衣服，悠闲地聚在一起。这场景让人心生暖意。

能够坐在如此狭小的会场，聆听一流钢琴家的演奏，真是至高无上的奢侈享受。

就这样，我在柏林又寻到了一处对之情有独钟的场所。

说起来，对任何细节都喜欢采取合理应对机制的德国，每月缴纳电费的方式也极其合理。

最初，乍一听闻每月基本电费高达九十欧元，我不由得在心里惊呼，后来才发现，基本电费的构成与日本完全不同。

在日本，家家户户会根据每月实际使用电量缴纳相应的费用。在德国，则是根据全年使用的总电量而定，与每月具体用量无关。

这里所说的基本电费，会依照头一年每月平均用电量推算而出，因此每个月预先缴纳的金额是相同的，最后，一年会有一次结算日，到时按本年度实际用量多退少补。德国实行的就是这样一种缴费机制。

相比每月一次的计算缴费，这种方式的确能省去许多无用功。

可以说，德国人在生活的方方面面，都追求某种极致的合理性。

去年，我家每月电费在九十欧元上下。由于今年更换为LED电灯，并且我独自在家，每隔四五天才使用一次洗衣机，因此基本电费大幅下降，每月只需预缴四十欧元。

如今，虽说日本也让用户自主选择电力公司缴纳电费，但德国走得更远，为用户提供了更加多元化的选择，比如用户完全可以选择那些致力于开发自然环保能源的电力公司。

　　好了，既然本月有企鹅相伴，不如安心享受迟来的正月假期吧。

在寒冷的天空下

2月16日

今天是周五,公寓附近的广场上有手作[1]市集出摊。

企鹅无论如何都想吃烤鱼,于是,中午时分,我们带上饭团与酱油前往市集。

途中路过一家点心屋,顺道买了餐后甜点。

算是今日店铺的第一单客人。

尽管冬天的市集不如夏天的热闹,大家依然愿意在这里就餐。

我们点了整条烤青花鱼。在等待烤熟的过程中,烤鱼店的

---

1. 手工制作的物品。——编者注

老板为我们送来试饮用的鱼汤，客气地说："鱼还得等一等，请先尝尝这个。"

汤汁鲜美，番茄的滋味十分浓郁。

企鹅从隔壁的土耳其熟食店买来土耳其料理作为配菜。

我已经很久没有吃过整条烤青花鱼。

带着饭团和酱油前来市集，绝对是无比明智的选择。

不过，天真冷啊。

刚才还热气腾腾的饭菜，眼看着就变凉了。

这些日子由利乃变得越发嘴馋。此时，它精神抖擞地在我们面前上蹿下跳，模样仿佛在说："我也要吃，快给我尝尝。"

因为实在太吵，我便将它拴在稍远一点的树下，谁知它竟眼巴巴地瞅着那家烤鱼店，目光专注。

那一刻，它的背影格外惹人怜爱。

企鹅似乎食欲颇佳，将烤鱼和配菜一扫而空后，声称自己需要换换口味，继续拿起烤香肠大快朵颐。

不得不承认，烤香肠确实美味。

我照例从咖啡餐车上买回一杯卡布奇诺，搭配刚才那家法式点心屋烤制的可丽露，津津有味地享用餐后甜点。说起来，我对可丽露真是有种难以割舍的喜爱之情。

企鹅挑选的布列塔尼黄油饼口感酥脆，制作水准一流。

最后，我们在蔬果店买了几捆长叶生菜和葱，早早地回了家。

在外待得太久，身体果真会越来越僵。

今晚，我们打算招待自己吃饭。

虽说是一场姗姗来迟的新年聚会，可我与企鹅还是干劲十足，昨日起便忙着张罗准备。

菜单大致如下：

筑地咸鱼肉

葫芦干（搭配芥末）

茶碗蒸

油豆腐与马铃薯拼盘

脆脆的锅巴

鲱鱼味噌

橄榄油凉拌紫萁

酒糟腌渍牛肉

长叶生菜

意式蒜香荞麦面

多亏企鹅从日本带来各种各样的食材，彻底激发了我的料理灵感。

亲手做饭果然令人乐在其中。

我挑了几片摘除鱼鳃与内脏、去骨晒干的鲱鱼的肉，切碎后拌上自制味噌腌渍，做成一道鲱鱼味噌。

只要再发酵一阵子，便大功告成了。

这道菜肴可以搭配白米饭享用，作为下酒菜也是不错的。

说起亲手酿制的味噌，绝非我自吹自擂，就连企鹅也赞不绝口。

可惜，都怪它太过美味，以至于消耗速度有些快，使我不由得烦恼起来。

记忆的旅宿

2月26日

与企鹅一道前往法国南部旅行。

这回的便当是我亲手制作的什锦寿司饭,打算在飞机上享用。

顺便一提,我还是第一次在舍内菲尔德机场(位于柏林,是除泰格尔机场以外柏林的另一座国际机场)搭乘飞机,这里给人一种质朴刚健的感觉,办事效率之高让我瞠目结舌。

本次旅行将从昂蒂布正式开启,途中在享有"鹰巢村"美誉的小镇留宿一晚,最后从尼斯返回柏林。

在我眼中,法国南部是充满美好回忆之地。

大约二十多年前,我背着尼康F3相机独自踏上那片土地,后来又随企鹅故地重游。回想起来，那趟旅程仿佛便是我们的婚前旅行。

在法国南部背山面海的地方，坐落着几个小小的村镇，房屋星星点点散布于山间，因此它们又被称作"鹰巢村"。

在二十多年前的那趟单独旅行中，我曾辗转搭乘专线巴士，探访过这些小镇。

从那时候起，相比尼斯、戛纳等大城市，我一直更钟情于地处偏远的小小村镇。

来到镇上，我首先惊叹于房屋美轮美奂的建筑式样，而当地居民以此为傲的生活姿态也令我感慨万千。

此外，法国人那种愿意将生活本身过得丰富多彩的气度，深深震撼了我的心灵。

那趟旅行于我而言意义重大，被我视作人生的一次转折。自那以后，我便离开公司，再也不曾在别人手下工作。

旅途中，我的脑海里模模糊糊地闪过一个念头——要成为一名讲故事的人，心底犹如亮起一束微光。

我造访了无数美术馆，用相机记录下沿途邂逅的旅人。

当时的我，或许正值一生中最多愁善感的年纪。

头顶似乎安装着天线,把一切见闻与感触都化作内心的养分。

其中,最令我念念不忘的要数法国南部地区的一家旅馆。

它位于一个名叫 Biot 的小镇上,是当地一家家庭经营的旅馆。

其实称它旅馆也好,民宿也罢,总之,它不具备正规旅馆所应有的设施,在当年的我看来,在那里顶多只有一星级酒店的待遇。

没想到,端上桌来的普罗旺斯料理异常美味,令人无限倾心。

房间里装饰着许多画家的手绘作品,一些格外有名的大家之作随意地夹杂其间。

据说,旅馆原本是为方便艺术家创作而开设的。最初,他们在这里租房、画画,并且留下自己的作品抵扣房租。

后来,旅馆的料理赞誉渐高,慢慢地,这里开始为普通游客提供住宿服务。

因为实在非常喜欢这家旅馆,多年以后,我便带着企鹅再次造访法国南部地区。

给我留下深刻印象的，还有旅馆里的一只大型牧羊犬，它时常紧跟在旅馆老爹身后。

身材并不魁梧的老爹，总是穿着运动服在店内忙活，动作麻利，为人爽朗。客人点单后，他会将菜品写在铺在桌面的布纹纸上。

用各种蔬菜烹制的普罗旺斯料理，与我此前所知的法国料理截然不同，有种格外清爽的滋味。

每天清晨，楼下厨房里都会传出富有朝气的声音。而能嗅着咖啡的香气醒来，也是至高无上的幸福。

在我心里，这个地方有着非同寻常的意义。

因此，前阵子心血来潮地计划着法国南部之旅时，我很想再次住这家旅馆。

话虽如此，时间已经过去二十年了。

首先，我根本不确定这家旅馆如今是否仍在营业。

其次，也是最关键的一点，我甚至连它的名字以及小镇的名字都想不起来。

就在我快要放弃的最后一刻，啊，是这里！好不容易确定它的所在并预约了住宿，我忽然感到有些迷茫。自己的心境与二十年前早已大不相同,就这样让记忆停留在最美的时刻不是很好吗?怀着复杂的情绪,我与企鹅从昂蒂布出发前往Biot。

  关于今晚将在哪里住宿,我始终对企鹅保密。
  不过,当出租车载着我们驶向镇中心的时候,我不假思索地说了一句"啊,这个地方以前来过"。下车时,我已经察觉"那里就是养着牧羊犬的旅馆"!
  再次回到睽违数十年的小镇,尽管记忆一片模糊,然而,踏上旅馆前开阔的空地,我很快便想起了一切。
  四角形的空地周围筑有回廊,廊下并排摆放着旅馆的餐桌,铺着红白相间的桌布。
  犹记得,当时餐桌上随性地装饰着鲜花,看上去格外美丽。
  可如今这里只见桌布,没有鲜花。
  不奇怪,眼下还是冬天呢,我在心里安慰自己,振作精神走上前去,试图打开旅馆的门。出乎意料的是,门打不开。
  无论推还是拉,门都纹丝不动。
  本该营业的餐厅空无一人。
  之前确实已经预约成功了啊。

我试着打去电话,屋子里徒然地响起一串铃声,却无人应答。这是怎么回事?

我脸色苍白地转过身,一筹莫展之际,只见一辆小汽车在旅馆前的空地上停下,从车上走下一名亚洲人模样的男子与一位法国女子。

接着,两人朝旅馆的方向走来。见我与企鹅站在门口,这位法国女子用流畅的日语问道:"二位遇到什么麻烦了吗?"

我告诉她,此前自己预订过旅馆房间,本该今日入住,却发现无人接待,不知该怎么办才好。闻言,女子掏出随身携带的钥匙,打开了旅馆的门。

这一刻,我只觉无比庆幸。

女子名叫KEIKO。

她身边的男子K先生在某大学担任哲学教授。

KEIKO告诉我们,她是一名法国记者,曾在日本留学。这次,K先生前来法国参加学习会,由她负责全程接待。

真的非常凑巧,今日只有两组日本客人预约住宿,更巧的是,我们抵达旅馆的时间恰好和KEIKO他们抵达的时间相同。

假如某一方在途中稍有耽搁,说不定便会就此错过。而我与企鹅也将不明就里,继续像没头苍蝇一样游荡。

总之,能够顺利入住旅馆,真是谢天谢地。

听KEIKO说,上周,旅馆的老板去世了。

没错,老板正是那位穿着运动服,每日在店内精力充沛地忙活的老爹。

而他的牧羊犬已在去年先一步离开人世。

因为两组客人都是日本人,所以旅馆那边误以为,我们来自同一个学习小组,也一定会共同行动。

此外,让人更加欲哭无泪的是,当天晚上,旅馆的餐厅并未营业。

我之所以选择入住这家旅馆,便是希望能在这里用餐。

满心以为今晚可以在餐厅享用美味的普罗旺斯料理,然后躺在旅馆的房间里回忆往昔,为此我才特意规划了这趟旅行。

万万没有料到,来是来了,却根本无缘在餐厅用餐。

我提醒自己,现在不是沮丧的时候。

这里是偏远的法国南部小镇,能够用餐的地方本就不多。

KEIKO帮我们联系了几家她所熟知的当地餐馆,可惜每家都只营业到傍晚,附近也没有夜间营业的店铺。

镇上并不方便叫出租车，何况天气预报说夜里会下雨。

没办法，我与企鹅只好点了可供外带的沙拉与比萨，又拜托镇上的食品店送来一瓶红葡萄酒，就着房间里事先为客人准备的薄塑料杯喝酒。如此煞风景的餐食，绝无可能出现在我们平日的生活中。

经过这一次，我深切地体会到，人生，总是难以圆满如意。

整个旅馆空荡荡的，也看不见旅馆主人，如此奇妙的经历还是生平第一次。

清晨来临了。

昨日的静谧被打破，从厨房那边传来朝气蓬勃的声音，空气里飘着的咖啡香气将我从睡梦中唤醒。

我下楼一瞧，原来是住在附近的邻居。他们正有说有笑地围在一块儿享用早餐，有的在吃牛角面包，有的在喝咖啡欧蕾。

待到中午，我们与偶然结识的K先生和KEIKO共进午餐。

料理依旧美味，昨晚的冷清不翼而飞，仿佛一场幻觉。

我再次确信，这家旅馆对我而言，不，对我们而言，果然具有非同寻常的意义。

我在心底默默地为牧羊犬与老爹祈祷冥福,与企鹅一道离开了 Biot。

从今以后,老爹的儿子将继承父亲的遗愿,将旅馆长长久久地守护下去。

下回见！
2月28日

清晨五点半起床，为企鹅制作饭团。

今天他将搭乘飞机返回日本。

眼下正是今冬最为寒冷的时候，最低气温达到 -12℃，最高气温也仅有 -5℃。

三周转瞬即逝，中途我们甚至抽空去了一趟法国南部地区。

原本打算参加今年的柏林电影节，可他实在腾不出时间，只好作罢。

距离企鹅下一次来柏林，还有三个月。

在此期间，我计划回到幼儿园（语言学校）上课，然后前往法国处理一些工作相关的事情。

虽说正值隆冬，黎明却早早地降临。

清晨六点左右，天边已经隐约泛起鱼肚白。

我家附近的公园池塘终于结了冰，孩子们在上面玩耍嬉戏。

大人们则安安静静地守在一旁。

我偶尔会透过窗户瞧一瞧，确定那些孩子是否安全。

刚才带着由利乃外出散步，只觉空气异常寒冷，完全出乎我的意料。

果然，日平均气温一旦降至 -10℃，暴露在外的皮肤便隐隐作痛。

哪怕笑一笑，整张脸也会就此冻住吧，我害怕地想。

裹着一身短毛的由利乃竟也抵挡不住酷寒，一直瑟瑟发抖。

大约脚底很冷，走路时它一蹦一跳的，看样子有些吃力。于是，回家的路上，我便抱着它坐了一站路面电车。

在花店买了两束漂亮的鲜花。

从法国南部飞回柏林的途中，透过机舱舷窗望见湛蓝的天空。

此时此刻，不知落在企鹅眼底的，会是怎样的一片天空呢。

超级 joyful*

3月9日

女儿节那天,我做了什锦寿司饭和白芝麻豆腐拌羊栖菜,与两位好姐妹一块儿度过。

往常碰面的时间比较晚,这一次,我们决定在午餐时举办女子会,因此将集合时间定为中午十二点半。

尽管桃花尚未开放,不过她们带来了粉色的郁金香。

心中升起莫名的欢喜。

午后,由利乃随我们一道外出散步。不知为何,我们的举动都有些反常,不仅逛街时各自买了心仪的首饰,回到我家后,

---

* joyful 为欢快、快乐之意。

又兴致勃勃地将聚会延长到了晚上，用葡萄酒搭配中午尚未吃完的什锦寿司饭和白芝麻豆腐拌羊栖菜。结果，等到聚会正式结束，已经是夜里十二点多了。

吃到最后，大家干脆把纳豆拌在什锦寿司上，用海苔裹着吃。

算起来，那天我们在一起待了差不多十二小时，也不知究竟做了些什么。

感觉时间过得比平日快许多，仿佛大家一起躺下，再次醒来时，整整一天便过去了。

真是不可思议。

那种感觉，有点像孩提时代的某一天，忽然兴冲冲地跑到小伙伴的家门口，大声叫着："出来玩呀——"

在东京，几乎不可能有这样的经历。

当日的主题是"joyful"。

不知是谁率先说了一句"今天要joyful"。乍一听joyful，我的第一反应是某洗涤剂品牌的名字，另一人则以为对方说的是日本的巧艺府超市。于是，我与她眼中都写满疑惑，完全不明所以。后来才明白，那位姐妹想要表达的意思是"今天要开开心心地过女儿节"。

原本 joyful 这个单词并没什么问题，可一旦写成片假名，本来的意义就淡了，多少给人轻浮不羁的感觉。

不过，我一直觉得 joyful 是个美好的词，在我们一生中扮演着重要的角色。

从那天开始，我喜欢在邮件的末尾附上一句："祝你拥有 joyful 的一天！"仿佛一夜之间，三人使用 joyful 这个单词的频率急速上升。

女儿节已经过去一周了，joyful 的余韵似乎依旧缭绕不散。

每当心里升起不好的预感，我便会念咒一般对自己道："joyful，joyful。"

或许在我看来，"joyful，joyful"就等同于夏日祭典上，抬着神舆的舆夫们嘴里"嘿哟，嘿哟"的吆喝声。

说起来，今天散步时，忽然有人递来一朵黄色的郁金香。

我几乎立刻戒备地抬起头，以为对方是在向我伸手乞讨，待反应过来后，又对自己的想法感到一阵羞愧。

那的确只是一朵被对方递至眼前的郁金香，作为小小的礼物送给陌生的行人。

不过,我会产生那样的想法,多少也是因为这世道不大太平。

就在不久之前,日本驻德国大使馆才发来通知,告诫我们路上要小心扒手,说那一带最近发生了好几起偷窃案件云云。

无论抢劫也好,恐吓也罢,只要罪犯脸上挂着明显的恶意就很好辨识。然而,近来有些人会乔装成志愿者,在街上发起捐赠活动,巧妙地编造出各种谎言,利用路人的善意和良知行骗。因此,想要识破他们的真实身份是很困难的。

事实上,几年前在柏林,我曾接受过一次关于无障碍化制度的问卷调查。一开始,对方只是请我协助回答某些问题,最后竟然要求捐赠钱款。这件事给我留下糟糕的印象,我至今无法释怀。

听说那个团伙现在仍旧以此为业,四处敲诈观光客,前几日,更是惹得一位亚洲太太大发雷霆。

回想起来,在意大利,我也曾遇见某些非洲人。他们会冷不丁朝行人伸手讨钱,手腕上戴着祈福用的编织带。

前阵子去法国旅行的时候,在美术馆的入口处,我与企鹅正并肩站在那里欣赏作品,一位法国人模样的中年女子忽然凑上前来，声称要为我们拍照，希望借 iPhone 一用。

我与企鹅从来没有在旅途中为自己拍纪念照的习惯，却架不住对方热情搭讪，最终把手机递给她，请她为我们拍照。

女子不断变换角度，接连为我们拍了一张又一张照片。

"你猜她会问我们收多少钱？"企鹅道。

"不会吧……"我低声回答，心里却渐渐地有些不安。

没想到，女子纯粹是出于一番好意，为我们拍照后，也并未讨要一分钱。

我总觉得，这个时代的氛围让人厌恶。每次遇到类似的情况，自己就会疑心生暗鬼，怀着戒备之心推测对方的意图。

我很不喜欢这样的自己，可要是对陌生人毫无防备之心，又很容易上当受骗。内心不由得感叹，真是世道艰难啊！

因为拖着小小的行李箱，所以我们只是站在尼斯美术馆门口匆匆一瞥，并未进入馆内仔细参观。

内心深处，大约也忌惮着某些不知何时就会出现的恐怖分子。

一路上既感到无奈，又充满遗憾。

这人人自危的世界，恰是恐怖分子所期望的。

随时随地需要对身边的陌生人保持戒备之心，是多么可悲的事情。

吃过午饭，我前往水疗馆蒸桑拿，虽然汗流浃背，情绪却十分 joyful。

在柏林，不知道有没有"春一番"的说法。对我而言，今日午后的桑拿时光，便如同初春时节扑面而来的第一股南风。

傍晚时分，映入眼帘的依旧是一片寥落的冬景，我却感觉春天近在咫尺。

从深冬到春日，季节的的确确开启了新的时序。

只是一步一步地往前走着，便莫名其妙地感到幸福。

街上处处装饰着彩蛋与兔子。

随着复活节的临近，大家的心情似乎也变得喜不自禁。

第二回 自吹自擂

3月16日

虽说是初学者，但上次亲手酿制的味噌异常美味，因此，我不仅喜滋滋地将它们分送给朋友，而且时不时就舀一些做成味噌汤，或是拌着蔬菜食用，没过多久便吃掉了一半。

这可不妙，我在心里暗暗想着。于是，上周末我在家展开第二次自制味噌的行动。

这一回，我将麦曲和米曲混在一起，比例大约为 9∶1。

因为使用的曲是生的，所以我根据大豆的克重，加入了两倍的曲用以发酵。

这是相当奢侈的做法，按照此种比例酿制的味噌会十分甘甜。

酿制方法非常简单，姑且在此介绍一下。

材料为大豆500克、生曲1000克、食盐200克。

如果是家庭自制味噌，这样的配比刚好合适。

（1）将大豆放入冰箱，48小时后取出，以水浸泡，煮熟至软烂。

（2）将食盐与曲混合。

（3）用搅拌机将煮熟的大豆搅拌成粉末状。

（4）将步骤（2）（3）做出的东西拌匀，放入满满一勺味噌（自己心目中味噌的理想状态），揉成泥状。

（5）将步骤（4）制成的酱醪装入带有拉锁的保鲜袋中，尽量挤出袋内空气，密封保存（我使用的是容量为1升的保鲜袋）。

有的做法会在酱醪中加入大豆汁，使其更加柔软，但这个步骤增加了酱醪生霉的风险，推荐大家仅使用大豆即可。

接下来，在保鲜袋上压上重物（我压了几个塑料瓶），静待酱醪发酵熟成。

中途需要检查酱醪是否正常发酵，如果冒气导致保鲜袋膨胀变形，可拉开拉锁排气，加速发酵。

在柏林，味噌正越来越频繁地出现在普通人家的餐桌上。

前些天，我在公寓附近最喜欢的一家越南料理店就餐。翻开随身携带的料理书，正琢磨着味噌的制作方法，老板娘兴致勃勃地走上前来，向我讨教如何亲手酿制味噌。

当时没能为她细致地说明制作步骤，过了几天，我重新用简明扼要的德语写好酿制方法，再次去了一趟店里，老板娘非常欢喜。

或许得益于拉面在世界范围内的流行，许多人由此记住了用于调味的味噌。

不久之前，我还邂逅了一条名为 MISO[1] 的狗狗。

酱油的难度稍稍有点高，换作味噌，则不会给肠胃带来什么负担，请一定尝尝看！

今后，味噌的身价也将水涨船高。

今天读完石井光太的作品《遗体——地震、海啸的尽头》。

在此之前，我曾犹豫很久是否要读，现在觉得，能够读完

---

1. 味噌的日语发音即为 MISO。

真是太好了。

　　这是一部纪实文学作品,讲述众人如何竭尽全力,直面在七年前那场地震[1]中逝去的生命。

　　从瓦砾中发掘出遗体,将之运送到安置所的人。

　　在安置所内,写下一封又一封死亡确认书的医生。

　　掰开遗体口腔,做检齿记录的牙科医生。

　　为棺柩分配奔波忙碌的殡仪馆工作人员。

　　哽咽着为逝者诵经超度的僧人。

　　忙于遗体火化、身体累到极限状态的火葬场工作人员。

　　住在附近、为火化时依旧身份不明的遗骸献上鲜花与点心的人。

　　现场随处可见人与人之间的关爱情谊。

　　尽管自己就是受灾者,大家仍然全心全意地工作,以便让更多遗骸及时回到家人身边。

　　只要想到,换作自己身处他们的位置,得知企鹅与由利乃

---

1. 这里指北京时间2011年3月11日13时46分发生在日本东北部太平洋海域的里氏9.0级地震,又称东日本大地震。此次地震引发巨大海啸,对日本东北部岩手县、宫城县、福岛县等地造成毁灭性破坏,并引发福岛第一核电站核泄漏事故。

被海啸卷走，我就立刻感到一阵胸口被压碎般的痛苦。

然而，类似的残酷现实曾真正发生在那么多人身上，绝对不能忘记。

一时间我有些愕然，不知该说震灾已经过去七年了，还是仅仅过去了七年。悲剧似乎远远没有结束。

至少，希望所有幸存者能够发自内心地认为，活着真好。

周末，听说在柏林也会举办相关的追悼活动，我打算前去看看。

道

3月19日

无所事事的周日，可以花上好几个钟头眺望窗外的风景。

昨晚的冷空气让池塘再次结了冰。

整面池塘一半冻得晶莹剔透，一半安然无恙，犹如道家的太极图符号。

今日的风正劲。一阵风拂过，尚未结冰的水面泛起涟漪，闪闪发光。

我出神地盯着池塘，觉得它真美。

树枝上残留着去年的茶色枯叶。叶片在风中颤抖，苦苦等候春日的到来。

阳光明媚地倾泻一地，室外 -2℃的寒冷仿佛是幻觉。

啊,真美。真是美极了。

一切都为春日的来临做好了万全的准备。

从今往后,草木会争先恐后地抽出嫩芽。

今天一边读书,一边不时地眺望窗外的景致。

手里的这本书叫作《阿米——星星的孩子》。

书是向住在附近的朋友借的。她说原本是为儿子买的书,谁知到手后一看,根本不适合孩童阅读。

故事写得很不错。

堪称当代的《小王子》。

我的比喻有点夸张,但这足以证明它给内心带来多大的冲击。至少在我看来,这本书反映了某些现实。

将来应该能够成为一部文学经典。

今天带着由利乃散步时,捡到一只盘子。

准确来说,它不是我捡的,而是随其他东西放在写有"请带我走吧"的箱子里,我偶然从中"拾到"了它。

箱子里还有别的各式各样适合用来盛意大利面的盘子,不过因为正在散步，不方便携带，我便毫不贪心地挑了这只盘子。

我对它爱不释手。

盘面绘有鸟儿、松鼠和桦树的图案，背面写着"保加利亚制造"的字样。

每当此时，企鹅就会摆出一脸嫌弃的表情，阻止我道："算了吧。"

是虚荣心作祟吗？还是我的行为看起来像一个乞丐？

可是，对别人来说毫无用处的东西，换一个主人，又能重新发挥作用，不是很棒的事情吗？

才不会有什么垃圾！

我非常认可柏林人的这种想法。

自己的日常生活也因此受益良多。

最近路边摆放着人们不要的办公椅，莫非大家都忙于搬家？（可这里又不是日本，不存在将四月视为年度伊始的习惯）。

椅子在路边放置了一周，后来不知被谁带回了家。

今日路过，发现椅子已经不见了。

前几天，住在同一栋公寓的邻居来家里问我借秤。

确实，不经常做饭的人很少有用到它的时候。

可是，偶尔也不得不用。

需要的时候立刻向邻居借来用一用，是理所当然的事情。

我觉得，邻里之间应该有互帮互助的精神。

两日后，对方将秤还了回来。

下面两段话摘自《阿米——星星的孩子》(作者：恩里克·巴里奥斯)。

仅凭思考，无法品味爱的真谛。感情与思考是截然不同的概念。

然而有人认为，感情是一种非常原始的东西，相对思考而言它理应善变。并且，他们还虚构出一种理论，将战争、恐怖活动、贪污渎职、破坏自然环境等行为正当化。如今，在这些颇有"学识"的思考方式与"精彩"理论的推动下，地球迎来了毁灭的危机。

夏令时

<small>3月25日</small>

　　清晨起床,喝一杯茶,接着读书。过了一会儿,我抬头朝时钟看去,禁不住奇怪地咦了一声。

　　本以为厨房的时钟慢了一小时,后来才反应过来,自己睡着的时候,已经进入夏令时了。

　　于是,我也将时钟往前调了一小时。

　　电脑上显示的时间是随网络自动改变的,我从未认真调过。大约对时间没什么概念的人,不知不觉间便会开始按照夏令时生活。

　　日落晚了一小时,令人感觉白昼增长了。

　　最不可思议的,是我们这片街区的时钟。

今天，我好奇地瞧了瞧它，果然已经调整为夏令时。

这个时钟一看就不是电子钟，而是用长短不一的两根走动的指针表示时间。

所以，时钟的指针需要人工调整吧。

我本想找一次机会，亲眼看看工作人员如何调整指针，可惜今年刚好在周日的拂晓时分进入夏令时，要准确把握这个时间点是很难的。

听说在意大利，街上的时钟大都无法准确报时，而德国人对待时间的态度却异常严谨。

工作人员每年会将全国各地的时钟手动调整两次，或是拨快一点，或是调慢一些。一想到这事，我就觉得非常有意思。

话虽如此，也只能想想罢了。

今天已正式进入夏令时，我的心情不由得明媚如春。

在柏林已经生活了整整一年。

这一年来，我并没有特别思念日本，也没有在冬季感觉郁郁寡欢。生活平静无波。感谢，感谢！时间宛如白驹过隙，转瞬即逝。

春、夏、秋、冬，我还是第一次品味柏林的四季，觉得每个季节都别有风情。

德语学习，一如既往地有些吃力。

话说回来，一年前我的德语差到连数字都不会数，想着要是遇到意外可怎么办呢？心里一直惴惴不安。

相比之下，如今我的情绪淡然得多，即便发生意料之外的状况，也绝不会手忙脚乱。我对自己的进步格外满意。

从下周开始，我将再次回到语言学校学习德语，为期一个月。

春天来了，总觉得大家走在街上，神情安详。

那些在寒冷的冬季皱着眉匆匆赶路的行人，脸上也浮现温和的笑意。

似乎所有人都兴高采烈起来。

前几天，我带着由利乃外出散步，一位路过的女子连声夸它可爱。我只觉女子看着眼熟，却想不起在哪里见过。女子离开后，我才恍然记起，原来自己常常与她一块儿在桑拿水疗馆泡澡。

这一次对方穿着衣服，我竟没能认出她来。

像这样，哪怕只是多出一位仅有几面之缘的熟人，我也开心不已。

今天晚些时候再去泳池游泳吧。

此时此刻,我只想安安静静地待着,独自回味挨过漫长冬日的成就感。

春日来临

4月15日

　　家里的网络终于修好了。

　　上周不知为何忽然断网,害得我一番折腾。

　　即便在日本,碰上类似的情况也是很麻烦的,更何况是在国外……

　　眼看网络恢复畅通,我打从心底感谢亲自上门维修的师傅。

　　以前,我总觉得自己并没有那么依赖网络,现在看来大错特错。

　　一旦断网,我将无法浏览当日新闻,也无法获悉天气预报。

　　既不能下载电影,又不能收看日本的电视节目。

　　甚至不能轻松愉悦地给企鹅打电话。

不过，最让我困扰的，还是无法使用德语词典。

那本词典必须联网才能查阅。

因此，我不得不一页一页地翻着厚厚的纸质词典，完成学校布置的功课。

整个过程花了相当长的时间。

但也有令人惊喜的发现。

比如，"stimme"这个单词在德语中可以解释成"声音"，同时包含"投票""意见"等意思，而词条下方出现的关联单词"stimmen"则解释成"相符、相称"，是一个动词。我这才明白，日常购物时，自己经常会跟店员说的一句话"stimmt so！"意思是不用找零，原来它的词源在这里！

利用在线词典，确实能够迅速准确地查到我不理解的单词，但与之关联的词条，很可能就此错过。

相反，运用纸质词典的话，看似耗费时间，却能得到意想不到的收获。

尽管不方便随身携带，然而在家学习时，尽量查阅纸质词典，反倒能够学会更多东西。

话说回来，德语真是一门相当难学的语言。

有一种说法是，全世界所有语言里，德语是最为严谨的。

我对此深有体会。

如果不严格按照语法遣词造句，就无法写出通顺的文章。

通顺的文章只有一种写法，哪怕一处细节出了差错，也是不合规范的。

同数学没什么两样。

想凭借情感或上下文语境来揣测文意是不可能的，德语中不存在这种暧昧的灰色地带。

与日语正好相反。

只要稍稍琢磨一下德语，就能充分理解德国人为何具备这样的气质。

有时候，哪怕已经理解了某种语法现象，一旦要在实际会话中加以运用，难度便再度提升。

不是我夸张，至今我也没学会这点。

首先，所有名词都含有表示"阳性""阴性""中性""复数形"的词缀，不搞清楚词性的区别，就无法准确表达自己的意思。

比方说，"勺子"是阳性，"刀"是中性，"叉子"是阴性。

这里没有为什么，只能死记硬背。

上回上课时，我感觉自己还是幼儿园小朋友的水平，这次已经跨入小学生的行列。

顺便一说，这种"感觉"，以及日本人习惯在口语表达中使用的"总觉得……"，也许对德国人而言实在费解。

第一天上完课，我沮丧得信心全无，甚至想直接回日本算了。

上课时间仍是从下午一点十五分到五点四十五分，格外漫长，结束后整个人精疲力竭。

不过，在我精疲力竭的这段日子里，春天来临了。

就在某天，我家附近的公园变得绿草如茵，仿佛一个信号，周围的花树纷纷抽出新芽。

随处可闻鸟儿的啁啾声，外出活动的人一天天多了起来。

我为自己买了今年的第一个冰淇淋。

在柏林，从何日开始吃冰淇淋，是一件值得重视的事。

那天，冰淇淋店铺门口排起了长队。

春日已经降临，又是周日，不如带上由利乃，去树林里散散步吧。

托词

4月20日

昨天，语言学校的课程全部结束。

由于前些日子都在上课，我也没有太多心思处理生活琐事。今天，我总算手脚麻利地洗了衣服，收拾好屋子。

我将冬天穿的毛衣扔进洗衣机，从衣橱里找出夏天的衣物。

今日最高气温达到25℃，行人大多换上了夏衣。

满眼新绿。

包括本次课程在内，我已经参加了四轮德语课。

算起来，这一年里，自己有四个月都在上课。

教我的老师共有四位，每轮课程皆会安排不同的老师给大家授课。我发现，自己与老师是否投缘非常重要，它往往能够决定课程体验的舒适度。

如此说来,我与这回的授课老师或许不那么投缘。

有时,哪怕听见相同的内容,我也会因为说话者遣词造句的不同,产生理解上的偏差,比如 A 老师讲的我能听懂,B 老师说的我却无法理解。

会遇见怎样的老师全凭运气,就像抽签一样,自己是无法左右的。

昨天是本轮课程的最后一天,几位同学提交的作业,老师并未如期反馈。

老师曾让我们在作业里写下自己国家某道传统料理的做法,表示最后一天会集中反馈给大家,没想到他竟然临时告诉我们,作业弄丢了,至今没有找到。

我的作业,就此下落不明。

这位老师身上流露出些许朋克气质。

或许我在此前的日记里也提过,若是某位同学上课迟到,德国的老师必定要让对方解释原因。

什么电车晚点,闹钟坏了,家里的猫咪生了病,等等。学生不得不为自己的迟到找几句托词。

并且，那些托词具备足够说服力的话，老师也便既往不咎。

若是在日本，老师大约会对迟到的学生说："别找各种理由搪塞了！"德国却完全相反。

总之，在德国，只要发生意外，不管托词是什么，能够说服对方就行。

昨天，老师也为自己找了各种托词。

比如交上来的作业太多，批改完后找不到了；比如工作量太大，之前交的作业至今都找不到。

我在作业里用德语写下的味噌酿制方法，也不知到了何处。

对于"找托词"这种行为的态度，日本和德国似乎截然相反。

这一轮德语课，班上的不少学生来自亚洲。

有人从中国台湾来，有人从中国大陆来，还有人从韩国来。

这些学生看起来不超过二十五岁，异口同声地表示非常喜欢日本。

也就是说，大家都对日本抱有好感。这件事给我留下深刻的印象。

说起来，不久之前我接连观看了两部电影——《永远的托词》

《比海更深》。

大致说来,无论哪一部,都描绘出男人在生活中的无能为力。

当然,我们无法像电影中那样简单判定男人与女人的能力高低,不过,最近看完日本的一些政治新闻,我不由得瞠目结舌。

隐瞒、敷衍,对权力的执着,对强者的屈从,纠结于不必要的自尊,优柔寡断,为鸡毛蒜皮的琐事斤斤计较,这些都在政界大行其道。

难道只有我认为,人应该遵循自我的正义与爱的信条,堂堂正正地待人接物吗?

春日有点……

<small>4月25日</small>

今天买到特别粗的白芦笋,以至于我想连声感叹,真的有必要长这么粗吗!

蔬果店的老板将白芦笋按粗细不同分别装在几个箱子里,一听我说"请给我白芦笋",立马从装着最粗白芦笋的箱子里挑了一些给我。

眼下正是品尝白芦笋的好时节。

通常,我会用削皮器去掉芦笋的外皮,下水焯一焯,撒上盐、胡椒,淋几滴橄榄油,搭配薄切火腿食用。

这是属于我的美味佳肴。

吃在嘴里微微发苦,又有些回甘。无论白芦笋还是绿芦笋,粗的也好，细的也罢，我都很喜欢。

说起来，最近朋友告诉我，白芦笋和绿芦笋分属不同的品种。果真是这样吗？

我满心以为，白芦笋钻出地面后，在日光的照射下，才变成了绿芦笋。

可这应该是土当归吧？

我好奇地查了查，果然白芦笋和绿芦笋就是同一品种，只不过培育方式不一样，导致颜色发生了改变。

这段时间，每当看到新鲜粗壮的芦笋，我都忍不住买回家。

六月，企鹅会来柏林与我会合，那时候还能买到新鲜的白芦笋吗？

如果可以，想做成天妇罗来吃。

芦笋富含膳食纤维，带着微微的苦味，仿佛能将冬季堆积在体内的毒素一扫而空。

对我来说，春天是有些伤感的季节。

莫名其妙地令人感觉悲伤，又有些眷恋。

冬天的时候，整个人鼓足干劲做事，到了春天会松懈下来。

也许因为每年的这个季节，都会为花粉症所苦吧？

春日的来临固然令人欣喜，我的内心却缭绕着一抹挥之不去的忧虑，仿佛只有自己被孤独地留了下来。

想必身在日本的企鹅，这段时期正经受花粉症的考验。

前些天，我带着由利乃外出散步时，随手买了一块红豆面包。

来到柏林的这一年，明明从未想过要吃红豆面包，路过店铺的时候，却忍不住买了一块。

这是一家日本人经营的面包店，可以买到柏林本地面包店里不常见的日式奶油面包、枕形白面包等。

口感松软，是日式面包的一大特色。

不过，让我略感意外的是，自己竟然想吃这种松松软软的面包。

而且根本等不及回家，还在散步途中，我便迫不及待地吃了起来。

我一口一口细细品尝着，觉得分外香甜。

前天，我在家附近的公园里短暂地赏了一会儿花。

大约是八重樱吧。

我喝着啤酒,看花瓣随风飞扬,落英缤纷。

眼前的风景随之变化,我的心仍旧停留在原地,尚未追上它的步伐。

青豌豆的秘密

5月4日

最近，由利乃变得格外任性。

或许它早已习惯只有我与它的"母子家庭"狀态，这种一对一的稳定关系，让我俩处于相对平等的立场。

出门散步前，一旦发现我要为它套上牵犬绳，由利乃就会迅速逃走。

大约它觉得很有趣，每次都这样乐此不疲地玩着。

一边从嘴里发出咕噜咕噜的声音，一边顽皮地跑来跑去，冲我发泄它的不满。

由于总也抓不住，我只好抛出零食引诱它。由利乃狡黠地接过零食，神情得意，仿佛在说："早这么做不就好了吗？"然后，它的态度倏然一变,乖乖地听我指挥。

宛如某个国家威风凛凛的将军。

散步回来,我正打算给由利乃擦拭爪子,它又逃了。

非得在家四处乱跑,嬉闹一番,才肯老老实实去睡觉。

这就是平日里我俩的相处模式。

前几天,我带着由利乃去离家稍远的咖啡馆小坐,途中路过正在摆摊的土耳其市集。

已经很久没去市集看看了。以前住在市集附近时,我是那里的常客,搬家后,就不再搭乘地铁专程前去。

我一直觉得,土耳其人喜欢满不在乎地做些令人吃惊的事。

这天也是,摊主们将番茄高高地堆起来,状若小山。

由于堆得太高,番茄不停从上面滚下来。摊主们耐心地把滚落的番茄一个个捡起来,重新堆成小山。

然后,番茄再次滚落。

换作德国人,绝不会做这样的事。

当日我没买番茄,倒是买了不少青豌豆。

一袋售价一欧元,买三袋只需要两欧元,我不假思索地买了三袋。

接下来，该怎么处理它们才好呢？

虽说我很喜欢青豌豆，但一口气买三袋，着实多了些。

那天，我将一袋青豌豆洗净，用培根炒着吃。分量果然不少。

胃里全是豆子。

我对剥豆子这道工序情有独钟，那天也不由自主地剥了许多。

觉得青豌豆很好吃，是成年之后的事了。

为什么会这样呢？我思考着其中的原因，后来发现，也许和小时候吃的都是冷冻青豌豆有关。

我一点也不喜欢随处可见的冷冻青豌豆。

那种绵软黏腻的口感，实在令人难以下咽。

然而旅途中，每逢前往打着德国料理招牌的餐厅，店员端来的开胃凉菜里，往往都有满满一碟冷冻青豌豆。

小孩子讨厌青豌豆，也许就跟那种冷冻吃法有关。

企鹅告诉我，最近他终于爱上了豌豆饭。

用新鲜青豌豆炒出的培根固然美味，不过分量太足，我一个人根本吃不完，于是决定将剩下的一部分豆子做成豌豆饭，另一部分焯水后冷冻储藏。

然后，我发现了一件事。

平日里，我一般会将青豌豆焯水后做成料理，豆子表面总是皱巴巴的。

这一次，我在网上查到了将青豌豆焯水后冷冻储藏的方法。

于是我发现，如果焯水后直接爆炒，豆子表面很快会起皱。而把握好火候，炒至软硬适中时立刻关火，再冷却一段时间，青豌豆的口感会极富弹性。

以前不知道这个小诀窍。

关火后，我将青豌豆冷却放置一段时间，发现豆子确实变得饱满而紧实。

这才是我心心念念的青豌豆。

接下来，我把米饭煮熟，将豆子提前焯水冷却，拌在一起做成了豌豆饭。

大获成功。

在我的下厨史上，这无疑是完成度最高的一顿豌豆饭。

如果是冷冻青豌豆，推荐大家麻溜地把它们加在炒饭里，或者放一些在味噌汤里做配料，都会是难得的美味。

若非食材应季,是做不出这种味道的。

眼下,日本正值山野菜上市的季节。

款冬炒牛蒡丝、竹笋拌花椒芽、刺嫩芽天妇罗,光是写下这些菜名,便让人垂涎三尺。

听着广播

5月12日

最近买回一台收音机。

因为有人告诉我,想要尽快习惯德语,最好收听电台广播。

的确,相比电视台播音员,电台主播的语速要慢一些,发音也更加清晰,说不定收听广播真是提高听力的最佳途径。

当然,收听过程中可能遇上无法理解的内容,但若仔细听下去,会接触到一些生活中听过的单词,也算一种学习。

而且电台会反复播报天气、交通路况等,间或插播几首歌曲,也算放松精神。

唯一搞不明白的是,目前我家只能收听一个电台节目,以至于最近我听的都是 radioeins（1）[1]。

这台收音机乍一看长得十分可爱，仔细一瞧会发现，其实是个便宜货。

每当瞥见收音机表面贴的那层薄薄的木片，我就会联想到位于东京的我家附近的寿司店里端出的太卷寿司。

太卷寿司是我的最爱。

可要是真让企鹅把寿司从日本千里迢迢地带过来，也太不切实际了。

说起来，大约每隔几年，我便非常想做一件事。最近恰是想做它的时期。

那就是，游泳。

这种热情退去后，我会连泳池都懒得去。一旦念头兴起，我又格外想要游泳，浑身，不，连脑袋都想得疼起来。

最近我经常利用的，是公寓附近某家酒店的泳池。

这里历史悠久，据说过去曾是公共浴场。

---

1. 一挡播客节目。

露台的装饰颇有情调，阳光透过窗户洒落一地，令人心情舒畅。

最重要的是，无论何时过来，泳池里都空荡荡的，平均算下来，也就五个人同时游泳。

感觉自己找到了一处秘密基地。

念小学时，我曾参加过几年游泳培训班。

课程按仰泳、自由泳等类别分为不同等级。随着水平的提升，学员需要参加相应的考试。考试合格后，便能挑战更高的级别。

不料学习过程中，我迟迟没能通过蛙泳考试。

于是，每周我都拼命练习蛙泳。

许多比我后来的学员进步神速，先后通过考试，顺利晋级，我却始终停留在蛙泳级别，长达一年以上。

这种情况，只出现在我一个人身上。

不过现在看来，这其实是好事，我心怀感激地想着。

因为选用蛙泳的姿势，无论怎么游我都不会感到疲累。

没错，我很喜欢蛙泳。每次到泳池游泳，也总会选用蛙泳的姿势。

相反,如果选择一次就能通过考试的仰泳或自由泳,我会完全提不起劲。

写到这里有些跑题,不过我想说的是,对于德语学习,我的目标也是"蛙泳",打算持之以恒地学下去!

不管花多长时间都没关系,等到熟练掌握的那天,也就学有所成了。

我在心里鼓励自己,无须左顾右盼地与旁人比较,要抱着积极的心态,一步一步踏踏实实往前走。

感到辛苦的时候,想一想蛙泳。

于是,无论做饭还是泡澡,我都会孜孜不倦地收听广播。

今天散步时,去了平日里不常造访的街区,发现一家好店。

这是一家为宠物犬开设的肉类专卖店。

竟然能在店里买到狗狗吃的肉骨头。

由利乃喜出望外。

5月14日 去巴黎

又到了草莓上市的季节。

每年只有在这个时期，街上处处可见卖草莓的水果摊。

只要看到新鲜草莓，我就忍不住买一些，内心颇受困扰。

接下来很长一段日子，我都会专心致志地享用草莓。

这家水果摊的草莓滋味甘甜，十分可口。

虽说甘甜，却又不像日本的草莓那么甜腻，我想，说不定这种程度的甜，才是草莓最本真的味道。

买回家的草莓个头大小不一，我满意地呼了口气。

直接吃已经非常美味，昨天，我又加了一些在椰奶制成的酸奶（外观类似）里面，还不忘滴上几滴蜂蜜。

果然好吃。

我很喜欢椰奶制成的酸奶（外观类似）。

忽然想起，老家备有许多草莓专用勺。

是用来压碎草莓的重要工具。

草莓的吃法有很多，毫无疑问，我喜欢压碎了吃。

在压碎的草莓里加入红豆和冰淇淋，便能做成我格外喜欢的一道甜品。

今天出发前往法国，接下来的一周将在那边度过。

旅途的前半程需要在巴黎接受采访，后半程会在一座名叫欧塞尔的小城逗留几天，受邀参加当地举办的文学节。

这是我第一次前去欧塞尔，至今不大清楚它的具体方位。

几天之前，安排巴黎行程的时候，我的心情莫名其妙变得沉重。毕竟是一座国际化的大都市。

忧郁的感觉迟迟没有消散，我仔细想了想，原来自己是在"怯场"。

巴黎这座城市充满各种各样的新鲜事，值得一看的东西也有很多。小时候，我为此深深着迷，欢天喜地地想要跑去旅行，时至今日,却近城情怯。

这一趟,我真的没问题吗?

算了,待抵达巴黎,自然便会懂得如何享受那座城市。

幸福究竟是什么呢?今天一整天,我都心不在焉地思索着这个问题。

对了,我真的很不习惯法国酒店里弥漫的香水味。

在德国的酒店,我从未闻过这种味道。看来,两个国家虽是邻居,价值观却迥然不同。

希望我预订的房间,香水味不会太刺鼻。

然而,越是这样想,我的内心就越抵触。按照量子力学原理来看,越是抵触就越容易被自己的情绪所纠缠。我决定尽量不去思考惹人厌恶的事情。

这一次,我的两位责任编辑也会从日本赶往巴黎。

能够见到她们,我十分开心。

签售会

5月18日

　　已经记不清是第几次来到巴黎，每次踏入这里，我都忍不住深深叹息。

　　仅靠人力，法国就能打造出如此美好的城市，令我感慨不已。

　　大街上随处可见琳琅满目的装饰物，整片街区宛如精致的裱花蛋糕，看得人眼花缭乱。

　　如果说，德国文化是做减法，那么法国文化无疑是做加法。

　　这里的每件物品，似乎都充满情调。

　　不过，搭乘出租车从机场前往市中心的途中，随时随地能够看到无家可归的流浪汉，让人切实体会到这个国家的贫富悬殊。

这次住宿的酒店位于塞纳河左岸，酒店附近也有许多流浪汉。

装潢精美的回廊一角竟然躺着无家可归的流浪汉，如此鲜明的对比真是催人泪下。

游客无拘无束地嬉笑打闹，那些土生土长的巴黎人看起来却无比疲惫。

大概是我的错觉。

我想，遭遇了那样可怕的恐怖袭击，不管多么坚韧的人也会觉得力不从心吧。

即便如此，我依然能从来往的路人身上感受到巴黎人的独特气质，这些人里有穿着红色长裤，坐在漂亮的露天咖啡座上读报纸的大叔，也有潇洒地将粉色围巾绕在脖子上的老奶奶。

加油，巴黎！我想为这座城市高声呐喊。

在巴黎，我先后接受了几家媒体的采访，并受邀参加在当地书店举办的签售会。

我非常喜欢巴黎的一些书店，它们通常坐落在稍稍远离市中心的小街区，附近是商店街，闲来无事时，本地居民也会顺道进去逛一逛。

这家书店绝对算不上宽敞。书店一角摆放着桌椅，我坐在这里，静待读者光临。

桌面贴着书店自己的包装纸，似乎是手工赶制的，却让我觉得格外贴心。

这家书店所在的商店街堪称步行者的天堂，从书店入口能够望见对面蔬果店里陈列的各种菜蔬。

不知不觉间，我在这里与读者度过了两小时。

是非常宁静平和的一段时光。

如今，拙作《蜗牛食堂》《蝴蝶结》《虹色花园》已被译成法语，今年夏天，第四部作品《山茶文具店》也将出版上市。

现场的诸位读者纷纷从自己的包里拿出我的小说。那些书看起来颇有些年月了，我用日语为他们在书上签了名。

自己的作品能在异国他乡被阅读、分享，对我来说是难以想象的事。像这样，能够与我的外国读者面对面交流，心情再次变得不可思议。

我由衷地感到，想要表达的东西，已经好好传递给了大家。

这是多么幸福的事情。

签售会结束后，我赶去书店附近的咖啡馆，接受法国《世界报》（Le Monde）的采访。

时间已是晚上七点多，喝点红酒也不错。

咖啡馆里，我与记者一边喝红酒，一边聊天。

这样的采访形式，在日本几乎不可能实现。我觉得无比快乐。

好不容易来到这世上，当然应该充分享受自己的人生！或许，法国人的这种价值观值得日本人借鉴学习。

今天，我从巴黎出发，前往欧塞尔。

在法语里，欧塞尔写作 AUXERRE，难怪我在浏览器里输入欧塞尔的罗马音，却什么也搜不到。

从巴黎搭乘电车前往这座小城，大约需要两小时。

约讷河静静地流过小城的中心地带，城里的标志性建筑是欧塞尔大教堂。

按地域划分，这里隶属勃艮第大区。

刚走下站台，我便爱上了这座小城。

此刻已是夜里八点，户外依旧明亮。

日光透过树叶的缝隙斑驳地洒落一地，打开窗户，耳边传来鸟儿婉转的鸣叫，以及大教堂的钟声。

时间缓缓地流逝，以至于方才的某个瞬间，我忽然想，莫非今天是周日？

　　这座小城多么恬静，多么美好。

　　再过一会儿，我将与工作人员共进晚餐。

　　明日便在城里悠闲地散个步吧。

欧塞尔文学节

5月20日

清晨,教堂的钟声将我从睡梦中唤醒。

每次听到钟声,我都忍不住想,撞钟人会是谁呢?

总是同一个人吗?

撞钟人当日的情绪、健康状况,会让音色产生哪些细微的变化?

来到欧洲乡下聆听教堂的钟声,不知不觉间,整个人也变得欢欣雀跃。

我喜欢这样的声音,也许不够准时,却充满人情味。

坐落在欧塞尔的圣艾蒂安主座教堂历史悠久。

走在教堂里,阳光透过彩绘玻璃窗倾洒下来,静谧而美好。

自从离开巴黎来到欧塞尔，一连几日都是万里无云的晴天，从未下雨。

倒是听说法国的其他地区，天气皆不太理想。

欧塞尔文学节的会场设在一座别有风情的老建筑里，这个地方过去曾被辟作修道院。

地下的礼拜堂里保存着公元五世纪的壁画，是目前法国最古老的壁画作品。

周五傍晚，文学节正式拉开帷幕，两日后结束。

主办方是位于欧塞尔老街中心地区的一家书店，算起来，这已经是今年在欧塞尔举办的第五场文学节。

每年，书店老板会从海外文学作品中挑出自己喜欢的几部，邀请各位作家来欧塞尔参加文学节。

今年参加文学节的作家分别来自加拿大、墨西哥、突尼斯、韩国和日本。

据说我是第一位受邀前来的日本作家。

不仅当地的志愿者会到车站迎接我们，全城居民也都非常支持这次活动。

小城里似乎处处洋溢着纯粹的热情，每个人都愿意与他人分享阅读之乐,将故事传递出去。总之,这场文学节的氛围轻松而愉悦,毫无拘束之感。

无论受邀作家、普通读者,还是工作人员,大家无一例外地有说有笑,十分享受。

自从来到欧塞尔,我就一直在品尝当地美食。

今天中午,大家坐在蓝天下享用了一顿法式便当。

毫无疑问,几乎所有人都喝了红酒。

因为是法式便当,芝士自然不可或缺。

昨晚,我们从九点开始用餐,结束时已经十二点多了。

欧塞尔的特产是一种食用蜗牛。

说真的,我从未吃过蜗牛,前天的晚饭刚好给了我挑战的机会。

太好吃了!

我这才明白,原来食用蜗牛也算贝类的一种。

心里有些后悔,四十多年来我总是这样,对不曾尝试过的事物抱有莫名其妙的偏见。

席间,大家畅所欲言,将午餐会变成了一场签名会,还有电台进行现场直播。

不管怎么说,能够来到法国见我的读者,面对面地聊天,就是最大的幸福。

谢谢大家!

法兰西之梦

5月23日

　　梦里，我的法国之旅仍在继续。耳边交织着法语和同行的翻译员达尔托的声音。

　　醒来时感到有些奇怪，为什么这里只有我一个人？

　　那趟旅行真是愉快。

　　一路饱览美景。

　　事实上，出发前我的心情十分沉重，烦躁不安。

　　自己能否顺利写出下一部作品？如今所做的一切会不会白费功夫？诸如此类的焦虑感不时掠过胸口，整个人郁郁寡欢。

　　内心的风景与法国实在相去甚远。

　　然而，当我抵达目的地，推开酒店的窗户，郁结的情绪仿佛被风吹散。

尤其是在欧塞尔,这座小城让我紧闭的心扉完全敞开。

真是一个空气清新的好地方。

在欧塞尔,我遇到了一些有意思的人。

最大的惊喜是,就餐时,餐厅老板告诉我,看完我的小说,他的内心深受感动。

他兴奋地说,平时自己很少看书,偏偏我的小说读起来格外顺畅,感觉非常好。

负责开车接送我的一位男性志愿者表示,自己曾做过德语老师,说着翻开《蝴蝶结》的封面,将他用德语写在背面的几句话给我看。

清晨的梦境包含着深刻的寓意。

按照我的解读,简单来说,它似乎在提醒我,崭新的人生已经铺开,接下来请你脚踏实地地往前走。

对我而言,这几日的经历意义非凡,确实形同一个转折点。

尽管早已习惯柏林的风景,对这里的一切都抱着理所当然的态度，然而阔别一周，再次回到柏林，我不由得感叹，啊，这里真令人身心舒畅。

整座城市绿意盎然。

许多人在公园里野餐，看上去快乐极了。我想，柏林也有柏林的优点，它毫无矫饰，这样就很好了。

在我眼中，柏林是一座奇迹之城。

再过一周，企鹅会从日本来到柏林。

他问我有什么东西需要他顺路带来，这个问题一下子把我难住了，毕竟目前家里还有不少日本食材。

如果非要说有什么希望他带过来的东西，大概是柿子的种子，或者花林糖。

还有切成细丝、口感柔软的调味海带。（这东西有专门的名字吗？）加一些在炒饭里，会格外美味。

说起来，待在欧塞尔的那几天，周末时正好赶上酒店附近的青空市集出摊，蔬果摊上贩售的芦笋非常新鲜。

那种介于白与绿之间的色泽，光是看看就让人陶醉不已。

前几天，无论在巴黎还是欧塞尔，每次去餐厅用餐，只要菜单上出现芦笋这个词，我就会不假思索地点来尝尝，尽情享受芦笋盛宴。

在等待企鹅抵达柏林的这段日子,希望还能吃到应季的芦笋。

宛如障碍赛跑

5月30日

意味深长的梦境,第二回。

梦里我坐在一辆小汽车里。

随行的还有此前陪我参加欧塞尔文学节的两位日本编辑。

我的余生只剩一个月。

母亲的脸不经意间出现在车窗前。

"姑娘们,我爱你们!"漫不经心地说完这句话,她从塑料袋里拿出鲷鱼烧,毫不犹豫地扔进车里。

梦境戛然而止。

醒来后,我躺在床上泪流不止。

现实中,母亲绝无可能说出那样的话。

不过转念一想，我觉得母亲其实很想像我梦中一般轻盈地活着。

那样的母亲，说不定就藏在她的内心深处。

母亲在世时，我完全没有察觉这一点。

当意识到今后再也无法与母亲相见，我便禁不住流下眼泪。

梦里的那句话，仿佛母亲留给我的最后一条信息。

我又想起，从前母亲过来探望我时，最常送我的土特产，就是鲷鱼烧。

于是这天早晨起床后，感觉脖子僵硬。

落枕了。

以前我也偶尔落枕，最近几年睡眠质量有所改善，渐渐不再出现这种情况，心里也松了口气。

只要疲劳堆积在体内，脖子很快会有所反应。

就在我大吃一惊的时候，疼痛渐渐从脖子扩散到背脊、腰、小腹，不一会儿，连脑袋也疼了起来，几乎寸步难行。

这种时候，如果身边无人照应，真的感觉很辛苦。

周末基本躺在床上休息。

没有食欲，随便吃了点饼干和栗子。那些栗子原本是我为由利乃准备的零食。

因为脖子很痛，所以取消了与由利乃的周日散步。

其实，从法国回来后，我立刻发现一件大事。

我家所在的公寓带有地下室（即 Keller，基本上柏林的很多公寓都带有地下室），每家每户均配有钥匙，可以随时将私人物品储存在自家地下室里。

我家地下室始终闲置，从未存放任何东西。我觉得它阴森可怖，就像一间单人牢房。

由于里面空无一物，很长一段时间，我都没有去过那里。

没想到，有人竟然贪图方便，乘机偷换了我家地下室的门锁，擅自将东西放了进去。

我不知道是谁在什么时候做出这种事，想到接下来可能需要报警，我便头疼不已。

毕竟罪魁祸首就住在我家附近，大吃一惊的同时，我也备受打击。

另外，我还得就此事写信联系物业公司，精神压力进一步增大。

除了落枕和地下室问题，最近还有许多别的事情处理得适得其反，弄得人手忙脚乱，欲哭无泪。

昨天，终于抽空去医院看了中医，接受针灸治疗，身体稍微舒服了些，心情依旧沮丧，决定晚上喝点白葡萄酒。

我从冰箱里拿出一瓶酒，一边拔着软木塞，一边奇怪地想，为什么我家会有这种酒呢？

为了在想喝酒的时候立刻就能喝上，我通常不会买带有软木塞的瓶装酒。

而且，酒的品牌也和往日常喝的德国葡萄酒不同，应该说完全不在一个档次。拔掉软木塞的瞬间，我想起来了。

唉，自己究竟在搞什么啊！

这瓶夏布利白葡萄酒，是此前欧塞尔文学节的主办方赠送给参加者的纪念品。

原本我打算等企鹅过来后，做许多好吃的，与他一块儿享用这瓶酒。

欧塞尔是勃艮第大区的重要城市，也是夏布利葡萄酒的著名产区。

如此珍贵的一瓶酒，却被我在这种时候稀里糊涂地打开了。

还真是笨手笨脚。

不用说，酒的滋味醇厚无比。

事已至此，好歹拍照留念一下吧。这么想着，我随手拿起酒瓶，却不小心碰翻了酒杯。于是，我只好眼睁睁看着心爱的杯子摔成碎片。

无法再使用了。

这一周，类似的意外层出不穷，宛如进行障碍赛跑。

不过，即便麻烦的事情一桩接着一桩，我也丝毫没有气馁，连自己都觉得不可思议。

今天脖子很疼，没法工作。气温似乎有所上升，于是，我在清晨便带着由利乃去了公园散步，顺便在公园里呼吸新鲜空气，放松身心。

据说脱掉鞋子赤脚站在地上，能够缓解疼痛。

尝试这样做的时候，我确实感觉心旷神怡。

仿佛，一切都好了起来。

我的情绪，大概也已恢复如初。

由利乃尽情地用爪子刨着泥土，看起来像一个小偷。

仿制梅子酱

6月12日

企鹅来到柏林与我会合,我家再次恢复二人一犬的生活。

我夜里睡得很香,或许是身边有人,内心不再担忧的缘故。

只有我与由利乃相依为伴的日子,我的睡眠明显浅得多。

白芦笋尚未下市。

因此,企鹅一抵达柏林,我便迫不及待地拉着他以最经典的方式享用了白芦笋。

每当听见有人抱怨德国缺乏美食,我就不由得一阵失望,很想告诉对方,务必去火腿店品尝薄切火腿。

在热气腾腾的白芦笋上放一片薄薄的火腿,简直是这个季节最奢侈的佳肴。

推荐搭配雷司令白葡萄酒,这款酒富含矿物质,口感香醇。

话说回来,一个人吃饭总觉得寂寞,两个人坐在桌前,气氛一下子热闹起来。

对了,在巴黎的书店参加签售会时,曾与店员聊起白芦笋。我问:法国人一般如何处理白芦笋的皮?大家闻言一愣,理所当然地回答:"肯定是扔掉呀。"

听完这话,我大吃一惊。

因为我身边的人都会选择二次利用白芦笋皮,这几乎已经形成一个共识。

用白芦笋皮熬煮的高汤十分味美,你们居然直接扔掉,太浪费了!

我不确定这个现象是不是反映了法国人与德国人的不同,或者说这种差异仅仅局限于法国巴黎女子与德国女子之间,总而言之,它让我清晰地感受到两者迥异的思考模式和价值观。

毫无疑问,我是拥护二次利用白芦笋皮的一方。这一回,我也将外皮放至水中煮至滚沸,用从中提取的高汤做成一道甜菜浓汤。

这个时节,经常能在蔬果店里见到甜菜的身影。这是一种长得很像芜菁的蔬菜。

在日本，大家很少将芜菁作为食材，欧洲人却非常爱吃。

拉脱维亚料理中有一道经典的浓汤冷盘，就是用甜菜做成的。我也试着做了一次。

这道浓汤料理的特色是滋味微甜，色泽艳丽。

当初在拉脱维亚邂逅的那盘浓汤呈现正宗的粉色，到了我这里，却变成接近赤色的粉红。

我在汤里加了少许酸味奶油。

略带酸味的浓汤，是炎热夏季里最棒的美食。

说起酸味，前几天我发现了一件不得了的事情。

当时我正在心里琢磨着，得在这边做些咸梅干才行，结果听说用食用大黄和食盐就能做成仿制梅子酱。

这是真的吗？我半信半疑地买回一根食用大黄试了试，居然成功了，而且味道和传统梅子酱一模一样。

证据就是，企鹅尝了之后，以为是我用咸梅干做成的。

无论色泽还是酸味，都与普通梅子酱别无二致。

我甚至在心里毫无根据地揣测，既然两者的味道如此相似，那么营养成分是否也相仿呢?

这样一来,做菜时可以放心大胆地使用仿制梅子酱了。

这几日干脆多做一些,储存在冰箱里吧。

顺便一提,仿制梅子酱的做法非常简单。将食用大黄去皮挑筋,切成细丝,用清水洗净,撒上食盐腌渍一段时间,待食盐完全溶解析出水分后,便开火煮至滚沸。

食用大黄一煮即软,等水分蒸发殆尽,外观也好,味道也罢,几乎与传统梅子酱如出一辙。

最后,可以加入少许蜂蜜调味。

今天,企鹅亲自下厨,为我做了咖喱炒饭。

由于不得不长期一个人生活,企鹅经常自己做饭,因此,这些日子他的拿手料理增加了不少。算是好事,对吧?

地下室问题顺利解决,脖子也不疼了,整整一周苦难的经历恍如虚假的记忆。

平淡无波的时间缓缓地流逝,我的内心无比眷恋。

家庭寄宿

6月18日

昨天,一名十一岁的小男孩住进了我家。

他是我朋友的儿子,以前与我们一块儿吃过饭,也曾共同出游,入住我家还是头一次。

最近,他的母亲有事离开柏林,他便辗转寄宿于好几个家庭。算算时间,他的母亲就快回来了,我担心他的内心其实非常寂寞。

昨天的棒球比赛结束后,他来到我家。

恰逢世界杯开赛期间,昨日偏偏碰上德国的首战,对手是墨西哥。

好在这边也能收到日本电视台,为了观战,我将频道调到NHK。

不愧是从小在德国生活的孩子,哪怕只有十一岁,聊起足球依然头头是道。

比如某位选手曾在哪里参加过比赛,上一届世界杯因伤未能参赛等,他都如数家珍般娓娓道来。

顺便一提,他从三岁开始就在德国生活,就读于本地的公立学校,德语讲得非常流利。

虽然年龄最小,性情却稳重可靠,深得大人信赖。

住在我家这段时间,我便请他辅导自己学德语。

这一战,德国惨败。

墨西哥的确实力强悍,然而德国国民也曾满怀胜利之心。

公寓附近有一家运动酒吧,每逢有足球比赛,酒吧里都热闹非凡。昨天,随着时间流逝,酒吧里众人的情绪越发消沉。

今年的世界杯,形势有些奇怪。

出乎意料的状况接踵而至,说不定日本队能够一举夺魁。

让我想想,日本的首战大约在明天。

昨天是企鹅的生日。比赛结束后,我们前往离家不远的意大利餐厅为他庆生。

恰逢 M 子从伦敦来柏林旅游,与她会合后,四人共进晚餐。

或许是我的心理作用，总觉得周围德国人的表情都阴沉沉的。

许多人在脸上贴着小小的德国国旗，餐厅里气氛沉重，仿佛每个人都认为，首战不应该是这样的结果。

祈祷德国队能在接下来的比赛中获胜。

当然，我也希望日本队能够全力以赴。

回家后继续观看比赛，这次是巴西对瑞士。

看着看着，发现小男孩不见了。我在家里找了一圈，见他躺在我与由利乃的午睡床上进入了梦乡。

他似乎睡得很香，我轻轻对他道了晚安。

今日清晨，我五点半便起了床。

在德国，大家习惯准备一份简易便当让孩子带去学校，有时是蔬菜棒，有时是三明治，以防中午正式开饭前，孩子感觉太饿。离开德国时，朋友曾拜托我每天为小男孩做一份。

因此，今天我早早地煮好米饭，为小男孩做了不用捏的口袋饭团。

饭团里的配料是牛肉时雨煮、腌萝卜。

然后，我将饭团装在便当盒里，交给小男孩，对他说："这是今天的便当。路上小心呀！"

S君的书包很重，即便是在日本，这也很成问题。

晚饭打算做可乐饼。

上周五从市集买回许多口感松软的马铃薯。

第一次尝试在这边制作可乐饼。

我干劲十足地将猪肉剁成细细的肉糜，企鹅一脸不甘地抗议："这道菜我也点过好多次，怎么之前都不见你这样积极啊。"

那可不是吗。

这次的家庭寄宿，我希望为S君做许多美味的食物，让他每餐都吃得饱饱的。

十一岁的小男孩比我想象中更加天真烂漫，而且个性坦率，可爱极了。

他习惯用"××君"称呼自己。

并且对我解释，德语中没有这样的叫法，于是用上了日语。

接下来，需要专心致志地搓肉团，然后裹上面衣。

此时此刻，S君与企鹅正其乐融融地坐在一块儿吃零食。

母亲之业

6月22日

　　储存在米缸中的大米一天天减少,今天清晨,我家的米缸终于见了底。

　　连日来,真的做了不少米饭料理。

　　平时,我家不会一日两餐都用上大米,这几天,两餐皆有米饭料理的情况时有发生。

　　话说回来,"母亲"这个角色可真不好扮演。

　　尽管S君十分乖巧,完全不用我操心,但是为了配合他上学放学,我不得不重新安排外出购物的时间,行动多少受到了一些限制。

　　对我来说,这种限时体验还算轻松,那些做母亲的,每日都得面临这样的状况，想想就觉得她们相当了不起。

上午的迷你便当几乎都是不用捏的口袋饭团。

我再次切实地体会到，海苔是一种多么万能的食材。

不仅可以食用，还能包裹其他食材，本身的味道也不错。

将配菜和米饭裹在海苔里直接享用，真是划时代的发明。

顺便一提，今天的口袋饭团是用昨日企鹅做的咖喱制成的。

除了S君那一份，也有我和企鹅的。刚才我尝了尝，觉得格外美味。

虽然花了不少精力制作可乐饼，但效果实在不佳，堪称下厨史上的最大败笔，令我十分伤心。

大约是因为德国的小麦粉与日本的不一样，炸着炸着，面衣纷纷剥落，可乐饼也完全变了形。

有生以来，我还是第一次做出那样难看的可乐饼，恨不得当场诅咒自己。

第二天，我重新做了一份炸鸡块便当，让S君带去补习班吃。这次的便当，个人感觉做得相当成功。

平时在家，我很少做炸鸡块。

因为记得很久以前曾为企鹅做过，他却告诉我，他并不太喜欢吃炸鸡块，从那以后，我就不再做了。

不过，这次询问 S 君喜欢吃什么食物时，他想也不想地回答了炸鸡块。

于是，我又做了这道料理。

也不知怎么回事，竟然顺利地做好了，而且，绝对是我下厨史上最成功的一份炸鸡块。

外层的面衣炸得十分酥脆，即使炸鸡变凉，面衣依旧保持原来的口感，里面的鸡肉鲜嫩多汁。

我掰了一小块试味，只觉好吃得不得了，差点把用来做便当的几块也吃掉了。

也许诀窍是，我在鸡肉里加入盐曲和咖喱粉调味，很好地撑起了鸡肉的鲜味。

随后，我在米饭上撒了些淋有酱油的柴鱼屑，再铺上海苔以及炸鸡块。

小男孩真的很喜欢炸鸡块。

剩下的一点我让企鹅尝了尝，没想到他赞不绝口，再次抱怨为什么我从来不为他做。

我反驳道："你不是说你讨厌炸鸡块吗？"他却说我听错了，

又说他其实是喜欢炸鸡块的。

真是闻所未闻。

可是，以前他明明说过不喜欢炸鸡块啊。

昨天的迷你便当，试着为Ｓ君做了太卷寿司。

小时候，每逢去郊游或是参加别的什么活动，母亲都会为我做太卷寿司。

我自己却不太常做。

寿司里的配料准备起来很麻烦，迄今为止，我大概只做过一次太卷寿司。

机会难得，这次不妨试试吧。

我煎好鸡蛋，将葫芦条煮熟，胡萝卜切丝，之后，冰箱里剩余的去皮碎粒纳豆和牛肉时雨煮也全部派上了用场。

由于搞错了铺放配料的顺序，做出的太卷寿司不大好看。

仔细想想，母亲还真有耐心做这么麻烦的东西。

托她的福，至今我仍旧非常喜欢太卷寿司。

从今以后，我也时不时尝试一下这道料理吧。

这几天，海苔君让我彻底见识了它的潜力。

今天，S君的家庭寄宿正式结束了。

这回的模拟家庭游戏玩得格外开心。

长久以来，我家始终只有企鹅、由利乃与我三名成员，着实有些冷清，也许正因为如此，外人才更容易融入。

好在S君并不怎么想家。

经过这一次，我发现自己抚养孩子的方式属于"完全放任"型，即孩子的事情都让孩子负责。

我家没有小孩，如果有，我想自己一定会是这样的母亲。

比如，我会告诉孩子，睡前不刷牙会有蛀牙，到时候疼起来只能自己受着；游戏玩太晚，第二天上学迟到也得自己负责。

我认为，很多事情无论做母亲的如何叮咛嘱咐，只要孩子不亲身经历，不吃吃苦头，就不可能明白其中的道理。或许，我始终无法成为那种热衷批评教育的母亲吧。

总之，我会尽力克制说教的冲动，除非孩子险些在我眼前栽跟头，否则我不会对他伸出援助之手。

对于孩子，我愿给予他最大的自由。

这次对S君亦是如此，我刻意没有提醒他应该这样或是那样。

说起来，本次世界杯大赛，日本队首战告捷。

真厉害！

周日的比赛，也要好好为他们加油。

100年

7月2日

前几天出门购买了曲。

那家店从前是在自家一隅制作曲，最近似乎开设了正规的店铺。

整个空间大量运用白木，走进店里，立刻被若有若无的甜曲香气包围。

没想到，主人家在柏林还能经营这样一家店铺。

我家的日常饮食，一直少不了用店里贩售的纳豆和曲做成的味噌。

酒樽里装满酱油，广口瓶里则装着味噌。

我满心以为，货架上这些陈列得整整齐齐的广口瓶，都是从日本运来的。

没想到全部产自德国，似乎是用来存放腌渍酸洋白菜的器皿。

无论颜色还是形状，它们都与我娘家使用的腌渍瓶非常相似。

这种广口瓶在古董市场上很容易淘到，据说有的还是新品。

在德国的东部与西部，广口瓶的颜色和造型会有微妙的差别，我个人向来偏爱德国东部的广口瓶。

广口瓶适合用来储存味噌，使用时格外方便，下次，我也试试淘一个回家。

到家后，我很快展开第三次酿制味噌的行动。

上次用的是玄米曲，这回试着改用白米曲。

手制味噌真的很美味。

而且制作工序并不复杂，想到从前自己都是去店里买现成的，我就觉得难以置信。

只要保证酱醪干燥，就不容易生霉，从这点来看，柏林的气候还真适合酿制味噌。

由于第一次酿制的味噌非常味美,分给几个朋友后,大家赞不绝口,希望我再做一些,我也因此莫名其妙地产生了化身味噌店老板娘的感觉。

味噌的享用方式有很多,虽说抹一些在蔬菜棒上就很可口,但要品尝它的"醍醐味",还是得靠味噌汤。

只要加入味噌,一碗高汤的滋味就能产生如此奇妙的改变!

不知道在我接下来的人生中,还能酿制多少回味噌呢。

昨天,与来自芬兰赫尔辛基的朋友一家,在公园的餐厅里享用了一顿法式料理。

这个季节,欧洲人喜欢到处旅行,尽情享受夏日长假。

他们之中,前来柏林的游客是最多的。

与英语不同,芬兰语中没有 he、she 的使用区别,这点让我觉得十分有趣。

大约这是因为,作为人类这种存在,男性与女性原本就没有必要在性别上界定得那般清晰。

因此,随着女性社会地位的提升,国会议员里女性占比也越来越高。

今天,我将出发前往立陶宛。

爱沙尼亚、拉脱维亚、立陶宛三国会在今年迎来独立100周年的纪念日。

并且，听说拉脱维亚与立陶宛还会举行歌舞庆典。

几年前，我与企鹅曾去立陶宛旅行，因此这回算是故地重游。

希望这趟旅途能够带来无数精彩的邂逅！

教堂巡礼

7月29日

已经很久没去逛市集,今天在市集上发现了鸡油菌。

那种橘红的色泽,看起来很像"蘑菇山"(一款巧克力小点心)的蘑菇。

七月已经过去一半,是蘑菇上市的季节了。

这个月一直在旅行。

欧洲境内的旅行十分方便,似乎想去哪里就能立刻前往,有种在国内旅行的错觉。

在柏林,教堂随处可见。

不过,德国人的宗教信仰较为淡薄,许多教堂或是废弃,或是用来举办音乐会、展出绘画作品,称呼后者为"公民馆"

反而比较恰当。

教堂与某些日用品类似，只要具备形状，就会闪闪发光，存在感十足。比方说茶碗或餐盘，它们的美感总是随着人手的触碰、抚摸与日俱增。

意大利北部是与我有过数面之缘的老友。

只要喜欢某家店铺或是某个地方，我就会一次又一次不厌其烦地重游。

因此，这次在意大利北部，我的旅行线路与往昔无异，去的也仍旧是从前喜爱的那些场所。

真的就像探访许久不见的老朋友。

一点一点地勾勒出环游意大利北部的黄金线路。

旅途中在佛罗伦萨留宿一夜，也尝到了期待已久的一人一盘式超辣番茄意大利面。

其实，一年前我便尝过口味类似的意大利面，不同的是，当时是三人共享一盘。

而且从那时候开始，我便下定决心。

下次，我一定要单独吃完一整盘超辣意大利面。

这个心愿，如今终于实现了。

我还抽空去了一趟 Santa Maria Novella[1] 药妆店。

大名鼎鼎的 Santa Maria Novella 药妆店紧邻圣玛利亚诺维拉教堂，被誉为世界最古老的药妆店之一，堪称佛罗伦萨的门面。

店内装潢精美，让人惊叹不已。

我在这里购买的第一件物品是牙膏，每次使用，心里都会涌起一阵感动。

今天早晨，不到八点就带着由利乃外出散步。

柏林市民喜欢在周末通宵狂欢，周日的清晨，大街上通常比较安静。

这些天来，中午的气温超过 30℃。因此，当清晨的凉风拂面而过，就连怕热的由利乃也变得步履轻快。

大约从上周开始，我家附近的两家点心屋同时开始放暑假。

于是，我只好去了平常很少光顾的德国人经营的咖啡馆，点了一杯牛奶咖啡。

---

1. 成立于佛罗伦萨的意大利药妆品牌。

四周静悄悄的，唯有这家店生意不错。

如果企鹅在的话，这种时候我们基本会待在家里磨咖啡豆，悠闲地享用咖啡。

豆子是从我家附近的咖啡馆买回的新鲜烘焙咖啡豆，说实话，比起坐在咖啡馆里，还是在家亲自冲泡，更能体会滴滤咖啡的美好滋味。

不过，偶尔我也十分想念那种随随便便冲泡而成、一点都不好喝的咖啡。

今日清晨的这杯牛奶咖啡，无疑正合我意。

明明不够醇厚，喝起来却很美味。

说不定，我们漫不经心品尝的邻家咖啡，就应该拥有这样的表现。

不知是谁无意间将面包屑撒在地上，引得一群家雀前来啄食。

我一边观赏这样的景致，一边小口小口地啜着牛奶咖啡。

真是岁月静好啊，我想。

前天目睹的月偏食，很美。

纳凉

8月5日

好热!

好热好热好热!

眼下,日本正值难以忍受的酷暑季节,而今年夏天,似乎全世界都遭遇了极端气候。

连日来,柏林的最高气温超过30℃,有时甚至高达35℃。

从春天开始,气温便持续升高,我还是第一次在夏天如此频繁地穿麻料衣服。

昨天,我热得实在受不了,忍不住光顾了刨冰店。

这家店是最近新开张的,来自东京。

如果它从去年开始营业,想必情况完全不同。这么热的天,大家为了买刨冰，不惜在店门口排起长队。

店内装潢很有品位，置身其间，仿佛回到日本。

年轻的店员手脚麻利地工作着。

啊，日本传统文化果然很棒。

本以为光顾这家店的全是日本客人，没想到大多数是德国人，以及日本人以外的亚洲人，大家坐在店里忘我地享用着刨冰。

手摇式刨冰机正不辞辛劳地满负荷运转。

孩子们眼睛一眨不眨地观察着，丝毫不觉得厌倦。

或许，对热爱机械的德国人来说，最无法抵抗的就是这种模拟运行感。

有的小男孩甚至能够一动不动地凝视刨冰机半个多小时。

我点了马斯卡彭干酪焙茶味和覆盆子味。

两种口味都很好吃，尤其马斯卡彭干酪焙茶味，出乎意料的香浓让我大吃一惊。

冰屑削得绵软柔和，不赶紧吃掉的话，很快就会化成糖水。

没想到竟然能在柏林吃上货真价实的日式刨冰，真是令人感慨万千。

这边的夏季基本非常凉爽，因此家家户户几乎都没有安装冷气设备。

当然，火车、巴士、路面电车里就更不用说了。

若想搭乘装有冷气设备的公共交通车辆，没有一定的运气是不行的。

由于湿度较小，这边的夏天不像日本的夏天给人压抑的闷热感，不过白天走在毒辣的日头下，还是很不好受。

更何况，我家连电风扇都没有。

感觉太热的时候，我便将浸湿的手帕放在冰箱里，冷却一阵子后，再拿出来系在脖子或额头上。

为了保证降温用品随时待命，我与企鹅各自准备了两条手帕。算起来，我家目前共有四条浸湿的手帕活跃在防暑第一线。

系好帕子后，我们迫不及待地切了西瓜来吃，好让身体尽快凉下来。

然而，现在最想吃的还是中华冷面。

今天尝试制作在立陶宛学会的粉色浓汤料理。

这道料理又被称作甜菜冷汤，不仅在立陶宛很受欢迎，而且经常出现在拉脱维亚人的餐桌上，是夏季的经典料理。

只需要在酸奶或酸味奶油中放入切得细细的甜菜，就能做出非常漂亮的粉色汤底。

然后加入切碎的黄瓜和莳萝，搅拌均匀。

最后再放一颗煮鸡蛋，大功告成。

不需要火就能做出的甜菜冷汤，省时又省力。

这次使用的是从超市买回的新鲜甜菜，用烤箱加热后直接拌在酸奶里面。如果没有生甜菜，推荐购买事先处理过的袋装甜菜。

轻轻搅拌几下就会变成如此美丽的粉色浓汤，真像魔法一样。

前往比亚比亚比亚比亚比亚比亚之森

8月16日

　　周日的跳蚤市场，卖花老奶奶将鲜花扎成一束一束出售。看到花朵的瞬间，我忽然反应过来，又到盂兰盆节了。

　　而且对父亲来说，今年是新盆[1]。思及此，我便买了一束花

---

1. 指死后第一次的盂兰盆节。——编者注

回家。

也许老奶奶是从自家庭院里摘下盛开的鲜花，然后一枝枝扎起来，做成花束。

我很喜欢这些花。

现在回想起来，以前母亲也很喜欢这些花。

如果交往对象是人，母亲非常容易被情绪牵着走，这也是她性格中略微麻烦的地方。然而这样的她，总愿不厌其烦地倾听植物的心声。

我念小学的时候，她经常从庭院里摘些花花草草，用报纸包起来，让我带去学校装扮教室。

我将从老奶奶那里买回的花束装饰在书房一角，迎接今年的盂兰盆节。书房的这个小小角落，专用于拜祭祈祷。

只要看见鲜花，我便会不由自主地叹一口气，这些花开得可真绚烂。

倘若父母泉下有知，某些时刻，他们是不是也陪在我身边赏花呢？

但其实，我一次都没有察觉周遭有什么异常现象。

今夏最热的一天，我去了桑拿水疗馆。

那里的庭院十分宽广，配有开放的桑拿浴池，令人联想起日本的露天温泉。男女顾客可以同时在这里裸身蒸桑拿。

蒸完后在浴池里泡个澡（当然是裸身），别提多么舒畅。

桑拿，泡澡，读书，午睡；桑拿，泡澡，读书，午睡；桑拿，泡澡，读书，午睡。

我无数次重复上述行为，只觉时间过得很快，仿佛眨眼的工夫，太阳便已落山，于是慌忙收拾东西回家。

水疗馆里，有人裸身读书，有人裸身喝葡萄酒，有人裸身晒日光浴，有人裸身泡澡。目光所及之处，全是赤身裸体的人。

今天完全变成了世界裸身日。

仔细想想，德国人的性别意识似乎非常淡薄。

反过来说，女性在这个国家并不会受到特别优待，无论男性还是女性，大家都是平等的。

听说搭乘德国的电车，基本不会遇见色狼。

这是因为德国女性非常强悍，谁要是敢在电车里做这样的事，就等着被收拾吧。

昨天的报纸上说，在德国，从事医生这一职业的女性有很多，而做父亲的主动回归家庭、承担育儿责任，也是理所当然的风潮。

对比之下，日本仍旧是个男尊女卑的社会。

看到这里，我禁不住深深叹息。

此外，部分日本官员对同性恋者的认知也十分偏激。

听着他们滔滔不绝地发表让人目瞪口呆的粗暴言论，我想，啊，又来了。不过，对自己这种见惯不惊的态度，我也感到害怕。

这里我明明应该表示强烈的愤慨才对。或许是天气太热的缘故，我连发怒的力气都没有了。

话说回来，真正让我吃惊的，是生育力之类的发言。

每当听到这种论调，我都不知道该说什么才好，这样的人究竟是怎么当上官员的？真是匪夷所思。

听完这些代表国家的官员的言论，那些为自己可能是同性恋者而深感烦恼的年轻人，又会有何感想呢？

更何况，如果说生育小孩这一行为代表着生育力，那么至今尚未生育小孩的我，是不是没有所谓的生育力呢？

真心希望某些官员不要对他人的生存之道妄加指摘。

每一个人，每一条生命，都在扮演自己的角色。

明日，我将出发前往波兰。

因为有朋友同行，所以留了企鹅看家。

这趟旅行的目的地，是横跨波兰与白俄罗斯边境的比亚比亚比亚比亚比亚比亚之森。

其实它有自己的正式名称，可惜太过拗口，我根本记不住。

明天首先搭乘列车赶去华沙。

柏林距离波兰边境并不遥远，本以为轻而易举就能过去，没想到哪怕乘坐最早一班直达列车，也要花六小时左右。

我们计划后天从华沙搭乘巴士展开旅途，这样又会花掉四个半小时。

接下来在森林附近的酒店消磨两天，再原路返回华沙住宿一晚，最后回到柏林。

等我们回来，想必夏天已经结束，拂面而过的尽是秋日的凉风。

今年夏天格外漫长，我也得以储存许多阳光。

原生林

8月27日

今日抵达比亚比亚比亚比亚比亚之森,规范地说,应该是比亚沃维耶扎原始森林。

但是,要记住如此复杂的名字,着实有些困难。

森林非常美丽。

我们在早晨八点出发,全程耗费四小时。远远望去,仿佛空气也是葱绿色的,幸福的感觉充盈于每一次呼吸。

静谧与生命的气息,阳光、水滴与泥土的芬芳。

森林果然美得无与伦比。

前阵子,我读完一本德国的畅销书,书名叫作《树木不为人知的生活——森林管理员耳中的森林之声》。书中论及一个有趣的现象，即森林中的树木如何齐心协力地呵护幼苗。

树木自有一套话语系统，即使我们人类无法理解，它们每日也在努力交流、互传信息。

不过，树木的这种"本能"，在人工栽种的手植林里或是人类的擅自干预下会日渐衰退。

对了，据说在德国，不管是行道树还是公园里的绿树，每一棵都标有编号，工作人员会仔细检查它们的健康状况。

树木不仅能够进行光合作用，而且赐予我们享之不尽的恩泽，人类对此应该心怀感激，并竭尽所能地回馈它们。

还有，虽然书里未曾提及，我却偶有耳闻，由于城市的夜晚灯火通明，导致树木睡眠不足，精神萎靡。

那些生长在二十四小时营业的便利店周围的树木，说不定看上去皆是一副睡眼惺忪、无精打采、孱弱多病的样子。

树木无法行走，也不会呐喊、悲鸣或控诉，因此，上述问题必须依靠人类主动察觉。

徜徉在比亚沃维耶扎原始森林中，我无数次想象着地球在原生林的完全覆盖下，呈现的最本真的模样。

眼前的风景本应遍布整颗星球，而至今依然保留着类似风光的地方，已经很少很少。

人类铲除地表的青苔，砍伐树木，将它们连根拔起，让地球日渐远离它最初的模样。

我想，自己之所以愿意留在柏林，是因为这座城市绿意盎然。

只要生活在绿意环抱中，人心就能得到抚慰。这样简单的心愿，在当今这个时代，竟然如此难以实现，真令人悲伤。

我觉得，今年夏天世界各地遭遇的异常炎热的气候，便是地球向人类发出的警告。人类实在应该引以为戒，不是吗？

这是一趟久违的陆路旅行。

尽管搭乘的列车号称华沙快车，可它一路都开得十分悠闲，让人忍俊不禁。

回程的列车上，我与朋友前往餐车车厢，各自点了一杯香槟来喝，挥霍掉波兰之旅的最后一笔旅费，心情大好。

夏日的尾巴

8月29日

企鹅带着我亲手酿制的味噌,返回了日本。

刚才他发来消息,说已经抵达成田国际机场。

今年夏天留下许多愉快的记忆。

除了每年八月在柏林举办的欧洲青年古典音乐节,我们还参加了当地的舞蹈节。

舞蹈,似乎早已融入柏林人的日常生活。发现这一点,我不由得感慨万千,柏林还真是有趣啊!

这里的舞厅日日营业,哪怕并非专业人士也无妨,普通民众照样能够进去跳舞。

若非同时具备精神上的闲暇与时间上的闲暇,人便无心舞蹈。

日本也有盂兰盆舞和阿波舞，可两者都是用于庆典的非日常舞蹈，平日里大家基本不会去跳。

日常生活中有舞蹈相伴，是非常棒的事情。

最近，我深切体会到跳舞的重要性。

我曾买票观看过好几场有趣的公演，其中最精彩的，要数不久之前的周日观看的现代舞。

公演于下午三点正式开场。舞蹈大厅的观众席上坐着许多孩子，我一度担心这场表演是面向儿童的，后来才发现自己多虑了。

舞者的身体素质无疑十分优异，但这场表演似乎并非为了炫耀舞技。舞台灯光是精心调试过的，运用最新技术拍摄的影像与现场表演两相结合，让观众沉醉其中，仿佛迷失于幻想般的世界。

舞蹈很美，也很现代，不管小孩还是大人，都能从中感受到快乐。

我再次意识到，艺术应该突破年龄限制。

说起来，德国人也真厉害，竟然能让小孩老老实实地观看这样的舞蹈。

而孩子们从小接受专业级别的熏陶，必然能够磨炼出丰富的感受力。

不过，并非所有公演都能如此打动人心。

有时候，我也会因为无法理解创作者的意图，或是感觉索然无味，看着看着便欲起身离去（事实上，我一般是在中场休息时离开）。

有的表演会潜在地评估观众的艺术鉴赏力，仿佛在说，看不懂是因为你们理解能力有限。我最厌恶的，便是这种自视甚高的艺术。

不看注解就没法领悟它想表达什么的艺术作品，我向来不大喜欢。

艺术的首要前提是让人一见倾心，并为之动容。

另外，我认为倘若毫无美感意识，对艺术家而言将是致命的缺陷。

柏林人对"艺术"的界定格外宽泛，但偶尔也会出现"这样的作品也能称为艺术吗"的情况。

至于音乐领域，我个人觉得罗马尼亚的管弦乐演奏相当不错。

从前我观看过罗马尼亚的管弦乐演奏，并且深受感动。

这一次，乐队所选的曲目热情洋溢，兼具喜怒哀乐等层次分明的情绪元素，然而一点都不晦涩，绝对称得上不负众望。

我想，自己一定很喜欢那位率领罗马尼亚管弦乐队的指挥家老爷爷。

正式演出结束后，乐队加演了肖斯塔科维奇的爵士组曲No.2，将气氛推向高潮。

记得当时，企鹅用心聆听着演奏，流下感动的热泪。

今年夏天真的摄取了大量心灵的养分。

然后，夏天便带着我们的记忆走向尾声。

接下来，要慢慢地闭关静思，直到所有养分都被身体消化吸收。

明明不久之前暑气炎炎，气温超过 30℃，近来忽然便感觉凉风习习。

前几天，伸手摸了摸我家的暖气管道，触感已经带着些许温暖。

　　差不多该为冬天做准备了。

　　还好由利乃摸起来非常暖和,令人心生慰藉。

　　企鹅离开后,家里只剩我与由利乃。望着过分宽敞的屋子,内心传来空旷的余音。

周日的清晨

9月2日

　　每次路过那间艺廊，我都会不由自主地轻声叹息，真美啊！宛如瞬间以肥皂泡凝结而成的梦幻之作。

　　简单又美好。

　　彩虹色的表面映现出整个世界。

　　如果家里装饰着这样一件物品，想必十分赏心悦目。每日瞧上一眼，人生似乎也会变得丰富多彩。虽然这样想着，我却迟迟没有购买，并且犹豫数月之久。

　　某天终于下定决心，将它迎回家。

　　我向来容易被这样的小物品吸引，反而对昂贵的珠宝、名牌手提包等毫无兴趣。

我将它装饰在玄关处的案上。

对我而言，这里犹如供奉神明的小小神龛。

这件物品是用薄薄的玻璃做成的。

制作者是大名鼎鼎的 CHRISTIAN METZNER[1]。

店里出售的尺寸有大有小，我觉得眼下这件的大小最合适。

刚好伸出双手就能够到。

希望企鹅千万别将它摔坏！

今日早早地带着由利乃外出散步。

周日的清晨，四下里静悄悄的，连街景也比往常寂寞。

树叶纷纷染上秋色。

入秋后，早晨和夜间气温较低，今日甚至想戴薄手套出门。

比起万里无云的蓝天，我更偏爱今日这片略显寂寥的天空，因此夏天过去，我反倒松了口气。

空气十分凉爽，由利乃也长长地散了一次步。

---

1. CHRISTIAN METZNER BRANDENBURG 公司创始人，该公司的设计系列以永恒、清晰的美学为特点，产品包括玻璃器皿、珠宝等。

有这样秋高气爽的好天气,仿佛能够一直走下去,走去很远。

已经有些日子没有造访森林了,下周末再去森林里散散步吧。

走着走着,瞥见一位大叔正用抹布擦拭邮筒。

他擦得格外用心,举手投足间流露出对邮筒的爱惜之意。他的身影吸引了我的目光,我索性停下脚步,眼睛一眨不眨地打量着他。见此情形,他冲我打了声招呼:"早上好!"

原来如此,哪怕在不用上班的周日,也还是有人这样勤勤恳恳地工作。

大叔专心致志地擦拭着邮筒,浑然不觉自己是在义务劳动。我想,他的这份心意一定能够传达给路过的每一位行人。

今天,朋友要在她家举行义卖会,我也打算过去帮忙。

所有义卖品于她而言都很珍贵,是她辛勤工作花了不少心思收集来的。为此,我们希望尽量避免浪费,亲自替它们寻到新的主人。

关于拥抱

9月16日

或许是天气忽然转凉的缘故,这几天肠胃出了严重的问题。

昨晚,我一个人兴高采烈地涮了火锅,谁知没过多久,肚子便不舒服起来。

由利乃和我都属于肠胃强健的类型,平日里很少闹肚子。

我查了查最低气温,只有11℃,果然是因为天太冷吗?

得注意身体才行。

夜里被噩梦惊醒。我睡眼蒙眬地爬起来,就着白开水服下中药,再在小腹上贴好暖宝宝,然后继续睡觉。

今日已基本痊愈。

昨天在家找了很久的护腰,却不记得将它放在了哪里,看来得另外准备一条。

算算时间,暖水袋也必须登场了。

上周末一口气看完事先录下来的NHK专题节目,不知为何,心情变得十分沉重。

第一个节目讲的是第二次世界大战中的七三一部队。

这支部队的所作所为极其过分,与希特勒犯下的罪行相差无几。

比如,他们用含有伤寒沙门菌的面粉做成馒头,逼中国人吃下,然后利用对方进行人体实验。

参与这一事件的士兵曾在采访中说了一句意味深长的话。

他说:"如果我们做下这些事,却反过来同情中国人,从氛围上看,那才真是会遭到非国民的待遇。"

没错,氛围。

氛围令人恐惧。

无法言说的氛围。同侪压力。

一切都没有改变,对吧?

第二个节目提及日本的超老龄化问题，这种社会形态世所罕见，又被称为棺材型社会。

如今，这一社会问题恶化到必须由老年人照顾老年人的阶段。

最近几年，日本的老龄劳动人口显著增加。

尽管这个国家已经意识到，自己不得不依靠外国劳动力发展本国经济，却仍旧不愿向后者敞开国门。

尽管如此，作为不可或缺的劳动力，越南人在世界各地依旧备受欢迎。

他们勤勉而温和，易于融入外部世界，拥有很强的适应能力。

柏林也有许多越南人，在我的印象中，他们确实在这座城市勤勤恳恳地工作、生活。

以前，不少越南人向往来到日本，最近几年形势稍有不同，改去中国台湾的人越来越多。

我担心地想，要是日本始终紧闭国门，即使哪天忽然想通了，殷勤地重开国门，跟对方说请进，想必那时也无人领情。

令人难过的是，一些外国人亲口承认自己曾遭受日本人的暴力对待。

　　第三个节目讲到了人工智能的进步。

　　当前，人工智能技术飞速发展。

　　我觉得最可怕的是，人工智能何以能够解决如此多的问题，得出如此准确的结论，有时候，它们甚至可以深入人类尚且陌生的领域。

　　据说，韩国政界已经利用人工智能开展工作。

　　至于国家与国家之间的战争，更是早已投入人工智能。

　　这种挫伤对方的做法，可以保证自己的双手不沾染一滴鲜血，心灵和肉体也感觉不到任何疼痛。哪怕只是在脑海中想一想，我都深觉厌恶。

　　当然，人工智能有它的可取之处，并且还不少。

　　换一个话题。最近，我深切体会到，"拥抱"是个十分困难的动作。

　　只要身在欧洲，便无法回避这一问题。

　　我完全分不清楚什么时候应该与人拥抱，或者什么时候不必与人拥抱。

但其实,这边的人也不是见面就抱在一块儿的。

话虽如此,有时我却发现,双方明明昨天才见过一面,谁知今日遇上,又紧紧地拥抱在一起。

见面时也拥抱,分别时也拥抱。

我是日本人,向来觉得见面时点头致意已经足够。

我认为日式礼仪中最棒的一点是,哪怕见面时并未刻意凑上前打招呼,日本人也会根据心情的不同,不露痕迹地调整行礼的幅度。仅靠这一行为,我们就能传达自己的心意。

若是初次见面,一般情况下,德国人会选择与对方握手。

我觉得这种寒暄形式十分便利,仿佛在向对方表示:"我对你毫无敌意,今后让我们和睦相处吧。"

随着交往的深入,难题才真正开始浮现,因为你根本就搞不明白恰当的拥抱时机。比方说,有时你会疑惑地问自己:"呃,这时是不是拥抱一下比较好?"

无论关系多么亲密,只要对方是日本人,我基本不会以拥抱表达问候。

再说，哪怕某阵子与对方格外亲近，随着时间的推移，关系再度疏远，这种情况下，倘若还要依照时间与场合的不同，时而选择拥抱，时而选择不拥抱，我会感觉非常别扭。

对我来说，拥抱是一种特别的情感表达方式，我不想太过频繁地使用它。

譬如，当朋友遇到值得庆祝的事，我想要恭喜对方的时候。

或者，当朋友遭遇不幸，心情格外悲伤，我发现用言语根本无法安慰对方的时候。

上述情况下，我都会紧紧抱住对方。

不过，要是动辄以拥抱表达日常问候，那么当我特别希望给予对方拥抱时，又该怎么办呢？

近来，日本接连发生暴雨、酷暑、地震等自然灾害。

前些天，新闻里刊载了一篇关于建筑师坂茂先生的访谈，内容颇值得一读。

访谈里提到，坂茂先生亲身走访灾区，用自己的实际行动帮助灾民过好避难生活。

他说，无论是有偿的工作，还是以志愿者身份进行的义务劳动,二者其实没有本质区别。他的这番话给我留下深刻的印象。

我完全赞同他的观点,即不管局外人如何说三道四,自己只需为灾民提供志愿服务便好。

同时,我在心里祈祷,希望受灾民众尽快回到他们所熟悉的平淡日常之中。

这种时刻,自己的心境唯有用"拥抱"才能表达。

苹果蛋糕

9月23日

今日午餐时分,我家有客来访。

大概半个月前,朋友的女儿来到柏林小住。机会难得,我便邀请她在周日来我家吃午餐。

这是我第一次见她。此前,我与她的父母曾有数面之缘。

她在邮件里告诉我,她之所以会来柏林,是为了学习城市环境的相关知识。

全世界那么多大都市,她唯独挑中了柏林,我不由得格外高兴。

我希望略尽绵薄之力,支持这位心志高远的年轻人。

因此,周日的清晨,我很早便起床烘焙苹果蛋糕。

从昨日开始，时间仿佛进入真正的秋天，这样的季节，总会忍不住忽然想吃小麦粉烤制的点心。

我瞧了瞧冰箱，刚好还剩两个鸡蛋，苹果也还有一些，于是决定烤一个简单的苹果蛋糕。

此刻，蛋糕正在烤箱里烤着。

昨天，我打算带着由利乃去离家稍远的地方散步，等待路面电车的时候，碰巧遇见了Y。

准确说来，是终于见到了她。

我们每年夏天都会碰面。她是一位韩裔德国人。

有一回她来到日本旅行，记得当时，我们一块儿吃了饭。

在柏林，她住得离我家并不远，我也始终很关心她，可那阵子我觉得她的精神状态似乎不大好，便迟迟没有主动联系。

我一直在心里告诉自己，没关系，总有一天能够在这座城市的某处与她相见。这样最好。

她的事业做得非常成功。

另一方面，她整个人也承担着巨大的精神压力。

昨日遇见时，她正推着一辆自行车，带自家狗狗散步。

我们不禁拥抱对方，分享重逢的喜悦。

果然她告诉我，去年她生了一场大病，而后花了半年时间接受治疗，除此之外，什么都不去想。

最近，她终于出院回家。

脸上依然残留着久病初愈的疲惫，不过看得出来，她的情绪十分轻快。

彻底远离工作，让自己享受一次长长的假期。

大约也开启了另一段崭新的人生。

我忍不住想，在这个时间点与她重逢，是否意味着什么呢？

闲谈间，她问我最近在写什么样的小说，我大致提了提，于是，她兴致勃勃地讲起一些亲身经历的相关趣闻。

说起来，这次重逢着实令我错愕不已。

我觉得自己与她之间似乎存在某种深深的缘分。比如，我们各自养了一条白色的宠物犬，外表又都是亚洲人的模样，彼此的家也相距不远。

总之，她的脸上挂着笑容，能够遇见这样的她，我非常喜悦。

我不由得在心里期待，今日造访我家的会是一位怎样的姑娘。

对了,就在刚才,苹果蛋糕新鲜出炉。

色泽漂亮极了,看来烤得相当成功。

就是不晓得味道如何。

不过,唯有这点,不亲自尝尝是不会明白的。

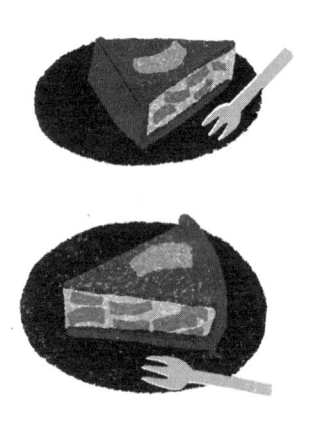

拒绝的力量

10月2日

周末,在巴黎留宿一晚。

其实只要抓紧时间就能当日返程,然而转念一想,就住一晚也没关系。

这次打算尝试与往日不一样的做法,因此去程和返程都在戴高乐机场搭乘巴士。

白天抽空前往奥塞美术馆。

尽管已经数度造访巴黎,踏入奥塞美术馆却是头一回。

我依稀记得,几年前它曾改换过内部装潢。

馆内陈列的展品以印象派画家的绘画为主,同时收藏着不少其他巨匠的作品。

很久以前，我曾去过一次卢浮宫。里面展出的作品琳琅满目，看得人眼花缭乱，只留下一段精疲力竭的记忆。

从规模而言，我更偏爱奥塞美术馆。

给我留下最深刻印象的，果然要数罗丹的作品。

经由罗丹之手诞生的雕塑，是拥有人格的。

在他之前，无人能够创造出与之类似的作品。

不过，赋予我内心更多感动的还是卡米尔·克劳德尔的作品。这位女雕塑家的作品与罗丹的作品并排陈列。

如果说罗丹的雕塑具备人格，那么她的作品便凝聚着情感。

我想，与罗丹永不停步地追逐理想之美不同，她总是愿意直面现实。

譬如她的作品中有一尊老婆婆的裸体雕像，整体小巧玲珑，松弛的肌肤却呈现出惊心动魄的美感。

身边的一群日本女性一边欣赏她的作品，一边低声交流："看上去好可怕啊。"听完这话，我觉得自己完全理解她们的感受。

话虽如此，大家仍旧积极地拍照留念。

大约十年前，只有日本游客愿意将相机镜头对准这些作品，而最近，大家纷纷利用智能手机的拍照功能，将作品定格下来。

以至于我非常困惑，不知他们究竟是为欣赏作品而来，还是为拍摄纪念照而来。

我甚至坏心眼地想，今后当他们回顾那些照片，心里到底会有几分感动呢？

因为大家争先恐后地拍照，所以每一幅名画前都挤满了人。

除却格外喜爱的作品，我基本不会拍照。

哪怕四处瞎拍一通，到头来还是会删除，对不对？

晚餐品尝了日本主厨烹饪的亚洲料理，虽说期待已久，滋味却实在普通，换来的只是"呃——"的遗憾感。

一定是主厨年纪太轻的缘故。

端上餐桌的所有菜品味道都十分重，导致味蕾毫无喘息之机。

由于那天中午还吃了法国料理，味觉已经达到饱和，因此，翌日的午餐特别想吃清淡的乌冬面。

身体开始逐年抗拒大量使用黄油的法国料理。

乌冬面店门口排起了长队。

虽然比较在意钱包里剩下的现金，但还是毅然点了一份天妇罗乌冬面。

在日本，天妇罗乌冬面算是十分高级的菜品，如今既然身在异国，并且无论如何也想尝尝鲜美的高汤，那就不用吝惜金钱了。

享用完乌冬面，我走进附近的咖啡馆，点了一份橄榄形法式面包。

这份餐后甜点让人无比满意。

服务员告诉我，可以从草莓与水蜜桃中任选一种。我不假思索地选择了草莓，一边吃着一边在心里后悔不已，早知道就选水蜜桃了。

我实在不擅长迅速做出判断。

总是禁不住后悔。

说起来，我这几日的情绪都很悲伤。太过悲伤。

继樱桃子女士逝世后，树木希林女士也离开了。

两位皆是我格外喜欢的前辈，尤其树木女士，我发自内心地对她怀抱尊敬之情。

她的生死观，以及生存之道本身，非常值得敬佩。

她处世潇洒，拥有独特的审美力，具备某种哲学的智慧与幽默意味,总是心直口快地表达内心所想,无论多么困难的局面,都能轻松自如地处理。

我在内心默默地为她祈祷冥福。

前几日,我在心里缅怀着树木女士,找了她出演的纪录片来看。

有趣的一幕是,当她走进伊势的一家乌冬面店,店里的女服务员想要送她一件日式法披[1]作为纪念,还说希望树木女士能够穿穿看。树木女士不容分说地谢绝,怎么也不肯收下。

正如当时树木女士所说,只要礼貌地收下,事情就会简单许多。

但是,与其让它来到自己身边却得不到重用,不如将它留给打从心底喜欢、愿意使用它的人,对它而言这才是幸福。树木女士的观点,我尤为赞同。

拒绝他人,总是一件格外困难的事。

顺时应势、落落大方地接受对方的赠予,无疑更加轻松。

---

1. 一种在节日或其他重要场合穿着的日本传统服装,形状简单,有管状或宽袖子。

树木女士所具备的拒绝之力，当真令人惊叹。

说到拒绝，因为我的工作大部分都交给出版社的责任编辑负责对接，所以极少有机会与对方直接沟通。

最近收到两封工作相关的私人委托邮件，碰巧两封的措辞都出现了错误。

一位在邮件里将我的小说名误写成《燕子文具店》，另一位写着写着竟然称呼我为"小山女士"。

算了，也不是什么大事。

我不会为此生气或计较，毕竟谁都可能犯下这种小错。

不过，既然是正式的工作委托，还是得另当别论。面对这样的错误，虽说我并不介怀，但会感觉格外扫兴，毫无接受委托的动力。

于是，我果断地回绝了对方。

或许对方至今仍不明白为何会吃闭门羹。

我想，大约要怪电子邮件这种沟通方式。

轻轻松松就能发送过来，也更加容易犯错。

可既然是重要的邮件，发送之前难道不应该反复检查几遍吗？

倘若今后研发出一种发送后一旦察觉有问题，便能立即撤回的技术，我想一定有不少人愿意尝试。

　　真想成为树木女士那样能够从容拒绝他人的人。

　　日复一日，秋天的气息渐渐浓了。

　　半个月后，我将回到阔别已久的日本。

　　这一次，不妨将自己当作游客，好好享受日本之行吧。

扫除用具

10月7日

今天去了一趟DIM。

这家店专门贩售由视觉障碍患者手工制作的产品,店内主要陈列着清洁刷之类的物品。

日常生活中,我一直很喜欢使用这里的扫除用具。

为了给日本的朋友买一些柏林本土纪念品,今日再次外出。

正当烦恼送什么好时,我忽然想起DIM。

德国充斥着种类繁多的扫除用具。

值得一提的是,有种用于清洁室内自来水管道、煤气管道的刷子特别方便。前几天,我将它送给一位日本来的客人,对方欢天喜地地收下了。

若是在日本，我只能用牙刷代替，而德国产的这种清洁刷，可以清扫十分"刁钻"的角落。

圆形的刷子用来清洗蔬菜、汤锅或者平底煎锅。

此外，类似牙刷的大清洁刷也很好用，将细细的金属丝扎成一束，最适合用来清洁水管背面或料理台周围。

因为随处都能买到扫除用具，所以就连打扫卫生也变成一件快乐的事。

德国人真是无比热爱扫除用具。

DIM 店内设有咖啡厅，我坐在那里享用了一杯卡布奇诺和一块巧克力蛋糕，望着各式各样的清洁刷，思绪飞去很远。

这里是我的小憩之所。

建议从日本远道而来的客人，一定要到这家店逛逛。

除了扫除用具，店内还陈列着记事本、相册等纸制品，以及人偶、木制玩偶之类的小物品。

最重要的是，价格非常实惠。

今天读的书是《海啸下的亡灵 3·11—— 死与生物语》。

作者名叫理查德·劳埃德·帕里，是一位在日本生活长达二十年之久的英国记者。

书的内容格外打动人心。

读着读着,我便忍不住继续看下去。

这本书主要聚焦于在石卷市市立大川小学死去的七十四名孩童与十位老师,探讨悲剧发生的根源。

我很快被开篇"小千圣"的故事吸引了目光。

那年小千圣十一岁,就读于大川小学。地震发生前几周,某天夜里,她忽然从梦中惊醒,哭哭啼啼地说:"学校要没了。"

小千圣本就是第六感特别敏锐的女孩。

然而那晚之前,她从未哭得如此夸张。

母亲问她,为什么学校要没了?她回答,大地震快来了。

因海啸而罹难的七十四名小学生里,小千圣赫然在列。

看过这本书我才知道,那场地震夺去许多孩子的生命,其中有七十五名是在学校遇难的。

也就是说,除了一名避难时被海啸吞噬的初中男孩,其余七十四名孩童均在大川小学无辜罹难。

反过来说,在其他学校避难的孩子基本得到了救援。

日本是个地震灾害频发的国家,学校的教学楼大多建得非常坚固，一般不会出现因地震而遇难的学生。

而且，只要能够采取恰当的避难措施，学校便是特别安全的场所，因此，发生在大川小学的悲剧可以说十分诡异。

本书作者最为关注的，正是造成这场悲剧的原因。

那一天，包括小千圣的母亲在内，许多父母都很担心尚未从学校回来的子女。

然而，不知从何处传来消息，说在大川小学避难的当地居民连同孩童在内共计两百人，正孤独无助地在教学楼楼顶等待救援。虽然盼望他们快些获救，可谁也没料到，事态终究发展至无人生还的地步。

他们的家人得知这一消息，想必无比绝望。

事已至此，大家的生活重心变为日日搜寻子女的遗体。

作者经过多次认真取材，执笔写下此书。

正因为站在外国人的角度，作者才能始终保持冷静客观的书写态度，令真相浮出水面。

除了剖析大川小学悲剧的根源，作者也让许多"亡灵"作为故事角色登场。

譬如地震结束后不久，某位男性与家人一块儿"参观"了受灾现场。

地震前他正在商场购物闲逛，当他的遗体在受灾现场被发现时，大家看见他的一只手里还握着冰淇淋。

后来，他便以亡灵的身份登场。

书中类似的故事还有不少。

我想，既然那么多的人在同一时间痛苦地死去，那么出现上述灵异事件也不足为奇吧。

地震发生当日，大川小学的校长因私人原因未能前往学校，地震过去很多天，他才亲自造访受灾现场。

与那些拼命搜寻子女遗体的家长相比，他所采取的行动多多少少令人心生疑惑。

因为还没读到结尾，所以我对这场悲惨"人祸"的根源尚且一无所知。我在脑海中想象着，其中一定少不了日本特有的"什么东西"在作怪。

我很想对作者表达敬意。身为一名外国人，他借助自己在现场的见闻，如此细致地回顾了那场大地震。

对许多外国人而言，这本书是了解那段时间各种相关事件的良好途径。

稍早之前，我读完一本有趣的书，是养老孟司所著的《半生半死》。

上个月，养老先生来到柏林，我曾与他有过一次短暂的会面。

那时我送给他的礼物，便是DIM的清洁刷。

啊，秋日气息渐浓。

今天是周日，接下来准备制作葡萄干三明治。

十里不同风

10月11日

走进咖啡馆，不经意地抬头，映入眼帘的是几朵插在花瓶里的鲜花。

那个瞬间我有些迷惘，这是什么花来着？而后猛地回过神来，不禁倒吸一口凉气。

是菊花。

菊花作为供奉之花已是约定俗成的规矩，乍看到这样的插花方式，我的内心颇为感慨。

戴着有色眼镜看待事物，是非常可怕的。

但凡看见菊花，我就会条件反射般联想到线香的味道。然而说到底，这也只是我擅自为菊花构建的形象罢了。

仔细端详花瓶中的几朵菊花，再次感觉它们温文尔雅，同时具备某种妩媚的气质。

昨日，我与艺术家束芋女士，以及我俩共同的朋友小P，一道前往动物之家。

动物之家即德国的动物保护机构，这些机构散布在德国各地（数量约为1000！），而位于柏林的这一座，以拥有最大规模而著称。

从我家过去，大约要花一小时左右。

首先让我大吃一惊的，是它宽广的建筑用地与干净整洁的内部环境。

所有建筑物皆是混凝土结构，占地面积约为东京巨蛋的三分之一。

德国的动物之家均靠民间捐款维持运营，而运营机构并非国家行政机关。因此，它们是名副其实的私人设施。

我们首先从犬区开始参观。无论室内还是室外，每只狗狗都能自由出入，并且室内空间配有完善的地热取暖设备。

年迈或是身体过敏、正在生病的狗狗，在这里能够得到悉心的照料，不像日本，流浪猫狗不经保护就会面临被杀的命运。

德国的动物杀害率为零。那些无人领养的小动物会安全地生活在动物之家,直至寿终正寝。

在德国也几乎看不到出售猫狗的宠物店。

若想收养宠物,可以前往动物之家挑选,或是由宠物饲养员赠予。

狗狗一旦遭到主人抛弃,就会产生巨大的心理创伤,很难与人亲近。

因此,为了让狗狗更易找到新主人,动物之家的工作人员会耐心地为它们做心理辅导,同时妥善治疗生病的猫狗,竭尽全力创造崭新的邂逅机遇。

与狗狗一样,动物之家的猫咪也能得到良好的照顾。

猫区大多为单间,设计成方便猫咪随意进出室内,可以在露台自由呼吸新鲜空气的格局。

有意思的是,每个单间里都摆放着椅子,有的老爷爷会坐在椅子上看猫咪玩耍。

大概在观察猫咪与自己是否投缘吧。

同时,房间里也配有各式玩具,环境好得让人几乎挑不出毛病。

动物之家最为人称道的地方在于导入了合伙人制度。譬如，那些没有条件在家饲养宠物的人能够以监护者的身份，在这里协助照料自己喜欢的小动物。

至于猫狗所需的费用，监护者可按月支付，也可每年一次性结算。即便小动物跟随新的主人离开，这样的协助也不会中断。

这一做法能够有效减轻新主人的负担。

有的猫狗同时拥有好几位监护者，工作人员会仔细登记他们的名字。

除了猫咪与狗狗，动物之家还为其他许多流浪动物提供庇护，像是鸟儿、爬行类动物、被实验室用来进行动物实验的猴子、遭受虐待的家畜等等。

我觉得很棒的一件事是，在这个国家，动物们也有幸福生活的权利，并且这项权利得到了切实的保障。

换作日本，流浪动物早就被残忍地处理掉了。

或许现在日本减少了这种做法。

不过我也听说，由于一味坚持"零杀害"的主张，仅是为了达成减少杀害的目标，动物保护机构便已接近爆满。

被主人弃养的猫狗，虽然侥幸逃过一劫，却不得不在恶劣的环境中艰难求生。

莫非只有我认为,最好的解决方式不是抛弃它们,而是饲养之前便慎重考虑,不要随意买下又轻易卖掉。

在由利乃成为我家的一员之前,我曾租养过一条名为可乐的宠物犬,每周按时带它回家,享受了一段愉悦的时光。

这是一次相当不错的体验,通过这种方式,我学会了如何饲养宠物。

假如能够建立类似的机制,也许能让更多的狗狗与猫咪不再迎来悲惨的结局。

无论是猫狗,还是乌龟、鬣蜥,都拥有生存下去的权利,与我们人类并无不同。

我将这一事实铭记于心,踏上了回家的路途。

我家的洗衣机

10月18日

抵达日本。

气温很低。相比之下,还是柏林更加暖和。

虽说早已做好了心理准备,但家里乱七八糟的程度依旧出乎我的意料。

需要邮寄给我的物品堆积如山,厨房也陷入杂乱无序的"罢工"状态。

我很快让自己接纳了眼前的一切,毕竟整整一年我都不在家中。

哪怕对企鹅表示抗议也无济于事,因此,刚一到家我便积极地展开扫除行动。

首先是厨房，然后是窗户。

我如此在意窗户是否明净，大约是受了德国人的影响。

他们甚至会将窗玻璃擦得纤尘不染。

发现自己有些不适应日本的生活，经常忘记各种细节。比如某件东西以前被收在何处，怎样对垃圾进行分类，等等，很难立刻回忆起来。

日本的生活习惯与我在德国时截然相反，以至于我脑子一片混乱。

虽说意料之外的插曲层出不穷，但回国后最让我感到吃惊的，还是家里的隔热手套。

继承我勤俭节约的精神，企鹅用胶带将手套破洞的地方补了起来，继续凑合使用。我觉得这么做实在有些离谱，于是决定为企鹅买一双新的隔热手套。

说到"凑合使用"，NANOE 近来也已达到极限状态。

NANOE 是企鹅给我家洗衣机取的名字。至于为什么叫这个名字，理由倒是相当简单。

入夏之前，它的状态就不大对劲，听闻此事，我让企鹅将 NANOE 送去专门的店维修，结果被告知无法修好，只能新买一台。于是，企鹅又把它接回家，继续凑合使用。

在我的印象中，虽然是"十年前刚买的"，仔细想想，NANOE 的年龄其实算得上老奶奶级别了。

从前的洗衣机，感觉可以用很久很久。

进入数码时代，说不定连电器也被事先设定了使用年限。

我不在家的这一年，企鹅甚至对着 NANOE 说话，鼓励它好好工作，算是相当勤俭持家。

如果一次清洗太多衣物，脱水功能就会出现故障。为此，企鹅只好分成几次脱水，摸清 NANOE 的"脾气"后，配合它的节奏使用至今。

状态良好的日子，NANOE 运转得极其顺畅。也由于这个原因，企鹅迟迟舍不得更换新机。

不过脱水时，家里会响起仿佛喷气式飞机经过那样的轰鸣。脱完水的衣物也依旧含着水分，拿在手里沉甸甸的。

"算了算了。买台新的吧。这样反反复复地脱水，反倒得多缴电费了。"

话虽如此，用企鹅的话说就是："今天我们惹得 NANOE 不开心，所以无论重来几次，它都不肯为我们的衣服脱水。"

（NANOE，对不起！）

面对这样的NANOE,企鹅双手交叠于胸前,拼命在心中祈祷。

加油啊，NANOE 奶奶！！！

这次回国，意外地没有为时差所苦，我不由得松了口气。

然而，想到未来两个月由利乃都不在我身边，我心里便有些落寞。

出发返回日本的前一天,由利乃似乎敏锐地察觉到了什么，一直没精打采，情绪怏怏。

甚至将吃的狗粮也吐了出来。

希望此时的它感到非常幸福，与其他寄养的狗狗一块儿玩得不亦乐乎。

终于有机会亲自读一读年初寄来我家的年贺状。看完以后，我精神抖擞地展开了大扫除，自得其乐地享受着不合时宜的正月气氛[1]。

---

1. 日本家庭为了迎接新年，习惯在年末展开大扫除，一般在 12 月 13 日到 28 日期间进行，而大晦日（12 月 31 日）这天则完成简单的扫除收尾工作。

类似的小插曲在我家司空见惯，却不料这么快便再次上演。

事情发生在昨天。

当时我正好结束在神田的工作访谈，回家途中，走着走着，忽然飘来一股诱人的酱油香味。仔细一瞧，原来旁边是一家押寿司店。

于是，我灵机一动，今日的晚饭就是这家的寿司了！我走进店里，请老板打包好寿司，心满意足地离开。

除了最喜欢的太卷寿司，我还买了店内有口皆碑的星鳗寿司、企鹅喜欢的葫芦条寿司，以及两人份的稻荷寿司。

前面不远处有一家洋果子店，很久之前我曾在那里买过点心。此刻，天空飘起蒙蒙细雨，我走进店里买好甜点，快步赶回家中。

没想到，气定神闲在家等待我的，是我家附近寿司店里贩售的太卷寿司。

原来，企鹅竟然和我想到了一块儿，也买了寿司回家。

而且，我们差不多是在同一时间买到了太卷寿司。

平日我家经常出现这样的情况，明明分头行动，各自购物，却买回一模一样的蔬菜。

以心传心

10月20日

　　或许两个人长长久久生活在一起，连口味也会变得十分相似。

　　又或许，"今天真想尝尝那东西呀"之类的想法，会以心传心地传达给对方。

　　于是，昨晚我与企鹅吃了我买回家的太卷寿司，今日的早饭则是企鹅买回家的太卷寿司。接连两天都有太卷寿司相伴。

　　没关系，太卷寿司是我的最爱，即便连吃两天，我也毫不介意。

　　话说回来，NANOE今日便正式退休了。

事实上，此刻它依然在勤勤恳恳地运转着，同时发出咚咚咚的巨大轰鸣。

可惜轮到为最后两件衬衫脱水时，它又开始闹脾气。大约半日时间，它一直都在抱怨，总之这样也不行，那样也不好。

企鹅立即拿来管道污垢专用清洁剂皮皮[1]，一刻也没有离开过。

我对 NANOE 已经十分有感情，面对这样的它，心情有些复杂，仿佛眼睁睁看着多年来共同生活的老奶奶变得神志不清。

哪怕 NANOE 还能继续工作，也必须换台新的洗衣机了。这个发现令我格外伤感。

如果可以，我希望花钱修好它，让它重新回到服务岗位。

然而，据说这个型号早已停产，市面上连零部件也买不到。

新的 NANOE 会在明天来到我家。

或许，现在这台 NANOE 也敏感地察觉到了什么。

就像由利乃察觉到我要离开，将吃下的狗粮吐出来一样。

我想，动物也好机器也罢，都是通人性的。

---

1. 日语原文为ピーピー，指日本家喻户晓的管道清洗剂ピーピースルー。

从刚才开始,企鹅便絮絮叨叨地嘟囔着:"这样夸张地撒娇闹脾气,还是第一次呢。"

我不在日本的这一年,企鹅似乎与它互相鼓励,彼此之间萌生了深厚的友谊,共同度过孤独的时光。

NANOE,长久以来(在我心里,时间依然不够长就是了),辛苦你了!

湖泊三姐妹

10月27日

回国后不久,我前往北海道享受了一趟三天的小旅行。

尽管有工作在身,旅行的节奏依旧是悠然自得。

适逢红叶尽染的季节,入目皆是美丽的风景,让心灵得到疗愈。

从女满别机场到网走市,是一段闲适的旅程。

最近几年,我与湖泊颇有缘分。

柏林能够见到许多湖泊,有一些甚至就在我家附近,不过我还是更钟情森林环抱中的湖泊。

绝非刻意靠近,只是我会下意识地被湖泊吸引,最终来到它们身边。

我格外钟情于寒冷地区的湖泊。

旅途中有幸造访了三个湖,分别是 Chimikeppu 湖[1]、屈斜路湖与摩周湖。

每个湖都是那般静谧、庄严。

摩周湖最为人称道之处是湖面终年薄雾弥漫,很难一览全貌。这一次,它却主动为我摘下面纱,显露身姿。

担任向导的出租车司机告诉我:"摩周湖轻易不与人亲近,并且天生具备这股力量。"的确,整个湖拥有直击人心的凛然气质,浮荡着某种神秘的美感,令人不由自主地想要双手合十。

孩提时代,即便听别人感叹景色真美,我也总是无法领悟美在何处。

后来年岁渐长,我切实体会到自然之美是多么高贵肃穆。

大自然将世间一切的美都纳入怀抱。

要是能够站在神明身边,俯瞰旅途中邂逅的湖泊三姐妹,想必会觉得它们无比美好。

---

1. 位于日本北海道的一个湖,周围环绕着少有人涉足的原始森林。

我终于明白，面对如此壮丽的景色，那种忍不住为湖泊与山川编织神话的心情。

旅途中，我一刻不停地思念着母亲。

真想将这片绮丽的风景赠予母亲，当然还有父亲。

来聊聊另一件事。听说安田纯平先生终于重获自由，这可真是一个好消息。

三年来，他被迫过着异常悲惨的生活，有时甚至遭受暴力对待，连尊严也被剥夺。好在他意志坚定，顽强地撑了下来。

普通人置身那样的环境，说不定会变得精神失常或者选择自杀。我想，他之所以没有走上令人叹惋的道路，大约要归功于内心秉持的坚定信念。

正因为还有许多像他一样的自由新闻记者，不惜冒着生命危险也要涉足险地，向世人报道、传达事件的真相，我们才能了解这个世界到底发生了什么。

如今，他得以平平安安地返回日本，着实是件好事。

希望今后他也能贯彻自己的信念，不断奋进。

明天开始，将展开我的京都之旅。

在京都，无论走到何处都能邂逅手工制造的美物。这回要尽情地欣赏一番。

去泡鞍马温泉
11月3日

在京都偷得半日闲散时光,搭上叡山电铁前往鞍马。

出发前,我在出町柳站的站前店铺买了一份便当,打算在电车上享用。

挑的是牛肉便当,拿在手里却吃了一惊,没想到它与从前母亲亲手为我做的便当一模一样。

说起来,当年第一次搭乘飞机,旅行的目的地便是京都。

这段记忆如今依旧模糊地停驻在脑海。

记得那时候,我将自己宝贵的人偶(记不得是琪琪还是拉拉)落在了飞机上,为此大哭一场。不过,返程时人偶再次平安无事地回到我身边,心下欢喜。

自那之后,四十年的光阴转瞬即逝。

真是岁月如梭。

下了电车,我首先前往鞍马寺参拜,寺内残留着台风肆虐的痕迹,比想象中更让人触目惊心。

通往贵船神社的山间小道依然禁止通行。

也不知何时能够恢复。

参天大树如同多米诺骨牌似的倒在地面,令人再次深切体会到自然之力的威猛,仅凭人力是无法战胜的。

遗憾的是,今日的山椒饼已经售完,我只好买了别的口味,然后前往鞍马温泉。

将身体浸泡在露天温泉中,感受悠闲的时刻。

山林近在眼前,内心不由得松了口气。

身在日本,泡温泉便是体验这个国家风情的最佳方式之一。

像这样,能够用日语与人随意闲话家常,明明是理所当然的事情,我却感觉难能可贵。

另一件难得之事是回国后可以直接饮用自来水。

我泡在露天温泉里仰望天空,直至日暮时分。

这是多么奢侈的一段时光。

本次的京都之旅，前半段主要处理工作相关的事情，后半段则属于我的私人时间。无论哪一段，都为我带来崭新的邂逅。

并且，通过结识新的朋友，聆听他们的想法，我也得以了解一个更加深邃的京都。

果然，京都是值得敬畏的。

到了这把年纪，我第一次感觉自己对京都怀有某种"敬畏"之情。

犹如耗费心思制作的便当，呈现棋盘布局的京都街巷中，充斥着各种各样精彩的要素。

今日一边咕嘟咕嘟地熬着昆布高汤，一边写作。

时差总算调整过来，夜里也能如往常一般，踏踏实实地进入梦乡。

缘

11月11日

从京都回来后，我便马不停蹄地赶往山形。

对我而言，这里早已无所谓"故乡"。不过如此一来，我反倒能够更加客观地接纳山形。

路过福岛、抵达米泽时，周遭风景已经变作深静的山林。我情不自禁地感叹，真美啊！

时下红叶正盛，我出神地望着车窗外的风景，没过多久便已来到山形。

我非常喜欢的咖啡馆与点心屋都坐落在山形市内。

咖啡馆是最近新开的，点心屋却是从我孩提时代便营业至今的老铺。

或许，它的年龄与我差不多。

在我过去的人生中，母亲时常扮演反派角色，但她偶尔也会摘下假面，为我买一些那家店铺的点心。

我特别爱吃一款加入夏威夷果的饼干，表面只有一半涂着巧克力酱，于是擅自为它取名"巧克力棒"。很长一段时间里，我都对它情有独钟。

与母亲关系融洽的日子里，冰箱里总是少不了它。

企鹅也很喜欢巧克力棒。

不过，随着与母亲之间关系的恶化，我感觉她扮演反派角色越发熟练自如，巧克力棒也不再出现在我家。

再次踏入阔别已久的点心屋。

店铺仍是旧时的模样，玻璃柜中陈列的点心与从前别无二致。

甚至连我小时候常在店里看见的老板娘，也分毫未变。

无论历经多么漫长的岁月，这里的一切似乎都不曾褪色。这种时间上的凝固感，格外奇妙。

店内飘荡的香味一如往昔。

听说，如今主要由老板娘的女儿负责制作点心。

在我时常光顾店铺的那段日子，因为还很年幼，所以我从未与老板娘有过交谈。倒是老板娘一直记得我,这次见我回来,便主动寒暄。

此事让我很吃惊。

对了,生日当天尝到的蛋糕,也是儿时的滋味。

能够吃着这里的点心长大,我觉得非常幸福。

尽管每样都充满少女时代的回忆,然而考虑到我的旅途仍将继续,我便只买了最小份的点心。

一块葡萄干三明治、一种名为"安特蕾"的内里夹着馅饼面皮的点心,以及两根巧克力棒。

葡萄干三明治与安特蕾是我旅行途中的甜点,巧克力棒则是送给工作伙伴的特产。

从山形返回东京后,第二天我将参加在伊势丹举行的小说《暖和和手套国》的见面会,届时打算将巧克力棒作为纪念品,赠予插画师平泽摩里子以及编辑森下。

因此,这次并没有为自己买巧克力棒。

昨天参加了《暖和和手套国》的见面会。

感谢大家亲临现场。

非常高兴能够与你们见面！

事实上，早晨出门前收拾东西的时候，我的心里有些惴惴不安。

总觉得巧克力棒不够正式。

送给两位工作伙伴的礼物，或许应该换成别的。

至于手头的巧克力棒，不如自己吃了吧。

然而，转念一想，在拉脱维亚领悟的"十得"中，有一得为"开朗大度"，于是，我决定仍旧按原计划将巧克力棒作为纪念品送给她们。

希望她们二人也能尝尝我从孩提时代起便迷恋的滋味。

《暖和和手套国》的见面会分为上午场与下午场。下午的见面会结束后，进入为读者签名的环节。一位母亲带着正在念大学的儿子走上前来。

这位母亲告诉我，她来自山形。

接着，她递给我一个纸袋，说："请收下。"

"这些点心是我从自己喜欢的一家点心屋买来的。已经四十年了，那家的点心始终保持从前的味道。"

据说，这位母亲早在我从事歌词创作的时代便一直默默关注我。

回到家拆开纸袋，我着实大吃一惊。

她送的点心，竟然是巧克力棒。

世上的点心多如繁星。

光是山形市内的点心屋就数不胜数。

更何况，那家点心屋还贩售其他各式点心。

偏偏她挑中的是我最爱的巧克力棒。

世间真有如此巧合的事吗？现在回想起来，我依然有些不敢置信。

这份礼物太合我的心意，吃掉实在可惜，一时之间，我竟不知怎么办才好。

我再次觉得，将巧克力棒作为纪念品送给两位工作伙伴，是无比正确的决定。

说不定是上天见我难得光顾一次那家点心屋，却没能吃上巧克力棒，便大发慈悲地派出那位母亲弥补我。

不，一定是因为上天想让企鹅重温旧时的滋味。毕竟企鹅一直很受其宠爱。

我听说,从前人们将品尝逝者喜爱之物这一行为视为佛事。因此在山形县时,我也怀着类似的心情品尝了许多美食。

有祖母喜欢的鳗鱼和葡萄干三明治。

有父亲喜欢的日本酒。

有母亲喜欢的安特蕾。

我还一边泡温泉,一边与周围的人漫无目的地闲聊,聊了许多许多。

原本以为自己早已失去能够回归的"故乡",不料,首次在山形入住的旅馆格外舒适,于是我任性地决定,从今以后那里便是我的娘家了。

11月15日 山与湖，以及河川

展开了一趟为期三天的成年人远足。

继京都之旅后，我再次与小音一块儿悠闲地旅行。

在我看来，或许生活中最快乐的事，是与意趣相投的女性朋友共同出游。

因为想观赏星空，所以这次我们将目的地定在了信州。

遗憾的是，当日天空阴沉，我们只能在脑海中想象繁星漫天，好在住宿的山庄面朝湖泊，整个空间令人心旷神怡。我与她享用了一顿可口的料理，感觉一天的疲劳都被驱散。

旅途中能够无所事事地消磨时日，是最奢侈的享受。

清晨醒来后拉开窗帘，发现天气转晴，连耸立在湖对岸的山顶也清晰可见。

啊，好美。

真希望日日面对这样的景色生活。

我裹着毛毯躺在沙发上，眼睛一眨不眨地凝视天空，仔细观察它瞬息万变的色彩。

离开山庄后，我们搭乘 JR 大糸线来到松本，计划在松本留宿一夜。

只要可以看见山林，不知为何，我的心情就会变得平静下来。

松本是我最喜欢的小城之一。

这里平淡无奇，乍一看似乎什么都没有，然而恰恰是这份空无，令我自在愉悦。

城中有河川蜿蜒而过，水流清澈见底，同时能够望见山林。松本集齐了所有我最看重的元素。

酒店前台的女服务员大约来自日本以外的亚洲地区。她态度亲切，让我很是感动。由于她日语讲得非常地道，一开始我根本没察觉她是外国人。

我想，从今往后，应该会有越来越多这样的外国人来到日本。

女服务员推荐的意大利料理店，十分符合我的喜好。

我们点了一份炸物，食材选用的是产自新潟县的白虾与甜虾，以及一份意式番茄炖蛋。

然后，我选择培根蛋酱意大利面作为主食，小音点了cacio e pepe（黑胡椒芝士意大利面）。

我满心以为所谓意式番茄炖蛋，多半是在煮鸡蛋上淋一些番茄酱，谁知端上来的实物令我大开眼界。这道菜竟是将鸡蛋切成小块，加入十足的番茄酱后烤制而成的，外观类似芝士奶汁烤菜，滋味香浓无比。

随着年纪渐长，我感觉自己的胃口大不如前。

所以面对喜欢的食物，能够得体地放下碗筷，说一声"肚子好饱"，也许是最幸福的。

有节制地享用晚餐，翌日清晨才不会感觉身体难受。

因为酒店贩售区（小音的说法）的明信片实在很漂亮，所以我忍不住买了下来，写成信，寄给远在柏林的朋友。

这也是旅行的乐趣之一。

话说回来，松本真是一座点心宝库。

这里有许多符合我口味的朴素点心,这次购买的纪念品大多是甜味果子。

当然,我的购物袋里可少不了开运堂的"天鹅湖"[1]。

旅行结束后,我与小音各自搭乘"梓号"列车回家。

说不定有一天,我会搬去松本生活。

每当从松本市区眺望周遭风景,我便感觉心醉神迷,禁不住感叹,啊,松本果然是一座美好宁谧的小城。

---

1. 开运堂是位于日本长野县松本市的一家点心铺,"天鹅湖"是店里最受欢迎的一款点心,口感柔软,类似日本的传统和果子"落雁"。

缝制抹布的好日子

11月17日

今天是周六,心情愉悦。

似乎已经很久没有享受过如此悠闲的周末。

每当闲来无事,我就想要缝制东西。

当然我缝的不是什么复杂大件,通常是抹布之类的小物件。

缝制抹布的过程中,内心逐渐平静。

最近经常外出旅行,买回不少温泉毛巾。

一针一线地慢慢缝制。

脑海中杂念全无,只是专心致志地缝着抹布。

总觉得自己亲手缝制的抹布包含浓浓的爱意,分外好使。

小时候,家人经常叮嘱我记得将抹布带去学校。

记得当时,我的抹布大多是由祖母亲手缝制的。

因为喜欢那种绚烂的花色,所以我时常缝制点缀着刺绣图案的抹布。

今天发现家里的棉布口罩开绽了,于是用丝线缝补。

由于清洗过很多次,口罩的接缝处伤痕累累。

这样缝好之后,大概又能使用许多年吧。

寻找饭食！

11月22日

前几天搭乘巴士时，望见车窗外的富士山。

黄昏时分，山峰深邃的剪影浮现在桃红色的天幕下。

富士山果然壮美得近乎神圣。就是不知道有没有"桃富士"之类的说法。

说起来，如今由利乃被我寄养在柏林的托里玛女士家中。

由利乃非常喜欢她家。有她照顾由利乃，我一点也不担心。真正困扰我的，是由利乃的狗粮。

我从网上订购了它常吃的肉罐头，配送地址填的是托里玛女士家。不料她告诉我，每次收件都会大费周章。

没有一次能够顺顺利利送到她家。

以前包裹送来我家时也是如此。毕竟柏林有相当一部分公寓尚未安装电梯。

我家租住的是日式公寓的三楼。托里玛女士家则在五楼。

德国的快递服务不像日本那样，可以根据顾客指定的确切时间送货上门，不过偶尔可以要求快递公司在配送日的上午或下午负责送货。

因此，哪怕抽出时间专程在家等待快递员上门，也可能出现门铃迟迟不响，订购的商品却被快递员直接放在别处的情况。

尤其是那些没有安装电梯的公寓，倘若包裹太大，或是顾客所住楼层较高，往往会遭受这样的待遇。

我时常帮邻居签收包裹，也时常拜托邻居代我签收包裹。

彼此都能减轻许多负担。

不过，这仅限于快递员熟知你想将包裹暂放在何处、找谁代签的情况。

前几日，快递员配送由利乃的罐头时，果然又擅自把包裹放在了别处。令人吃惊的是,那个地点仅仅标注为"Packetshop"。

德国的"Packetshop",在日本相当于大家口中的"便利店",至于是哪里的"Packetshop",就不得而知了。

这可真伤脑筋。

结果,托里玛女士不得不将公寓附近的"Packetshop"挨个儿找了一遍,费尽力气,终于取到由利乃的罐头。

我也不知在心里感叹过多少回,德国的配送服务确实无比无比过分。

如果是难以搬运上楼的重物,快递员至少应该在楼下按一下电铃,告诉顾客自己已将包裹放在楼下。这种做法怎么看都比擅自放去别处合适。

日本的快递业给人服务过度的感觉,而德国完全相反,简直是"差不多就行了"。

说起来,"寻找饭食!"这句标语,放在我家也绝对适用。

别的姑且不说,我家的冰箱最近存满各种各样的食材,一连好几日,我都需要从里面"发掘"食材,否则无法做饭。

前天,我家冰箱深处出现了饺子。

看上去像亲手包的。

我根本不记得自己近来有包过饺子，于是去问企鹅，结果他也毫无印象。

总之，我们决定吃掉这些饺子。

馅料包含猪肉、虾仁和韭菜，味道岂止是不错，完全称得上非常好吃。

饺子皮不仅是手工擀制的，而且做得很薄。

难道是某朋友送的？不，也可能是另一位朋友。我俩一边猜测对方的身份，一边将饺子一扫而空。

这一顿总算解决了。

饭后数小时，企鹅忽然想起那些饺子的来历。

可能是他去做按摩理疗的时候，店里的中国老板亲手包的。老板本想将饺子送给朋友，结果朋友没去，于是饺子便由企鹅"代收"了。

企鹅说，自己并未将此事放在心上，没过几天，那段记忆也逐渐淡去。

即便如此，饺子还是鬼使神差般出现在我们眼前。

托冰箱的福，这些日子我完全不必出门买菜，乐得清闲。

餐桌上的食物来之不易,不可浪费,因此我与企鹅每日都很努力地消耗食材。

我们的目标是,让冰箱空空如也。

请问您是哪位?

11月28日

电话响了。

"喂?"

"fijawo;fdfheufdierp。"

对方说了一句什么,我却一个字也没听懂。

"喂喂?"

电话那端的人毫不介意,继续亲切地同我攀谈。

可我真的不明白对方在说什么。

大概打错了吧?转念一想,也可能是企鹅的朋友喝醉后打来的,如果真是这样,更不能轻慢以待。

电话已经接通,还不能随意挂断,这可怎么办才好?

我拿着话筒愣在原地，一时间不知所措。

如果是手机，反倒能立刻知晓对方的身份，可对方打的是我家的座机，不自报姓名的话，我根本不知道他是谁。

这种情况下，只能靠声音来辨识。

"请问您是哪位？"我问。就在我忍不住想要挂断电话的时候……

"妈妈，这个号码真的没错吗？"

对方在电话那边朝某人喊道。

嗯？妈妈？

数秒之后，话筒里传来石垣姐的声音。

谜底终于揭晓。

原来，这通电话是她的儿子多央打来的。

升上初三的多央如今正值变声期，从前的青涩稚嫩已从他脸上退去。

目瞪口呆这个词，无疑便可用来形容我此刻的反应。

虽然已经明白打来电话的男孩是多央，可我着实没有料到，青春期的男孩竟与小时候判若两人，以至于我迟迟回不过神来。

之后越想越觉得神奇，忍不住大笑出声。

电话里，多央依旧像从前一样唤我"姐姐、姐姐"。

然而，由于他的音色完全改变，称呼里原本包含的撒娇意味，终究听不出来了。

"姐姐，你怎么总是不在日本呀——"

多央的语气一如既往，可声音到底比从前浑厚，那声"姐姐"听在耳中，令我格外不自在，仿佛自己突然化身零食屋的老板娘，面对用浑厚嗓音冲我撒娇的常客，顿觉害臊不已。

对不起，多央。

真的没有听出是你。

记得上次见面，还是他念小学六年级那会儿。三年以来，他的成长太过迅速，令人无法适应。

眼下，光是他的声音便让我感到格外陌生，倘若真人出现在我面前，恐怕我会惊讶得直不起腰来。

第一次见面时，他还是一名幼儿园小朋友，因为害羞，见到我便躲到桌子下不肯出来。

如今，十年的光阴如流水般逝去。

像这样，与一年未见的熟人重逢，我能从对方的外表上一眼看出变化。

比方说，前些日子，我去附近的商店街购物，感觉蔬果店的老板娘苍老了许多；转过头，又发现自行车铺老板的背比从前佝偻了不少。没有办法，四处打量一圈，能够瞧见的总是诸如此类的细节。

那些住在同一栋公寓的小孩，成长速度过于惊人，令我瞠目结舌。

当然，这也说明我真的老了。

每日对着镜子里的自己，很难注意到岁月留下的痕迹。

有趣的是，对于比自己年长许多或者年轻许多的人，我时常能够立刻察觉对方的变化，而遇见同龄人的时候，我总觉得对方"简直一点都没变呢"。

明明不可能毫无改变。

然而很奇怪，我真的难以看出对方的变化。

莫非是我将心比心地站在对方的角度，用偏袒的态度在看待老去这件事？

大约半个月之前，超市里开始贩售正月的各种装饰品，让我大吃一惊。不过仔细想想,十一月走到了尾声,还有几天便迎来师走[1]。

柏林已经降雪,圣诞市集也正热热闹闹地举办着。

我的心似乎还没跟上岁月的步伐,而大家早已沉浸于年末的氛围。

说起来,最近我心心念念的都是法式圣诞面包史多伦。

去年在德国时,我满怀期待地尝了尝。相比之下,还是现在我家附近的点心屋贩售的史多伦好吃得多。

而且,今年的史多伦比往年更加美味。

今晚,我从冰箱里"发掘"出酱油腌渍的四鳍旗鱼,稍微烤一烤便能吃。

由于完全去除水分,我家的赤味噌宛如小石头一般坚硬。想办法让它变得柔软,再放一些甜料酒,用来做风吕吹萝卜。

这种时刻,若能毫不吝惜地加入柚子调味,想想都感觉好幸福。

柚子会让寒冬笑逐颜开,是必要之时能够挺身而出的秘藏食材。

---

1. 日本对阴历十二月的别称。

谢谢!

12月3日

    距离朋友去世,已经过去了一周。

    在柏林时,我经常与她一块儿吃饭、泡温泉、远足。

    甚至连我的头发,也是拜托她亲自帮我剪的。

    算上另一位朋友,我们三人总有聊不完的话题,能够无拘无束地笑谈至深夜。

    她罹患癌症一事并非秘密,早前我便听说她旧疾复发。

    我们当然都很忧虑她的身体状况,在此基础上,尽量注意以平常心态与她相处。

    一年之前,我们完全无法想象她会在一年后去往天国。

回想起来，这一年里，我们犹如被莫名之物附身一般，不时聊起宇宙、死亡等话题。

然而我怎么也没想到，她的人生竟会迎来这样的终局。

今年夏天，她带着儿子回日本探亲，中途身体状况开始不大好，无法再回去柏林。

从那以后，她便住在大分县的老家，在家人的陪伴下与病魔作斗争。

八月的时候，她的病情进一步恶化，一度徘徊在生死边缘，后来奇迹般保住一命，恢复如初。

于是，她本人与身边的亲友都以为最困难的时期已经过去，她会慢慢地好起来。

然而，事情远远没有那么简单。

癌细胞确确实实在她体内扩散着。

十月份我抵达日本。受她之托，我从德国买回一些香薰精油，作为纪念品给她寄了过去。

收到礼物后她发来一条消息，语气开朗，活力十足，我稍稍放了心。

那之后不久，她的身体便一天天衰弱下去。我最后一次打电话过去时，得知她已陷入昏迷，还曾吐过大量鲜血，整个人骨瘦如柴。

即便在这种情况下，她也依然保留着些许朦胧的意识，会自言自语般呢喃："等我的病治好了，我希望去森林里开一家美容店。"

这也是我最后一次见她说话的样子。

病逝前一周，她已基本失去意识。家人每天想尽办法，为她表演节目、唱歌，甚至提前为她庆祝生日。

看着他们殚精竭虑的模样，我由衷地感叹，原来这就是"家人"，真好。

一切细节都在向我表明，她与周围之人结下过怎样的善缘，又是如何一步一步走至如今。

离婚之后，她毅然做了一名单身母亲，独自抚养正在念小学的儿子。在她弥留之际，前夫也曾赶往她的老家，陪伴她度过最后一段温情脉脉的时光。

活着的时候原谅一切，并将那些痛苦兑换成爱。我想，这种人生态度真的很特别。

那是她去世前几天发生的事。

我们将她年轻时代的照片发布在 LINE 的朋友圈里。

其中有一张是十几岁时的她,也不知正在念初中还是高中。看见那张照片,我们不约而同地惊叹出声。

那年的她竟然化了妆,嘴唇涂得鲜红,上半身大胆地裹着抹胸,搭配长长的裙子,无所畏惧地瞪着镜头。

"哇,大姐头!"

"原来她还藏着这样的照片。"

"看上去好强势!"

"简直就是气势汹汹的表情嘛。"

我们七嘴八舌地议论着,情绪十分激动。

我与几位朋友哭了笑,笑了哭,无论眼泪还是欢笑,似乎都没法停止。

她本人早已陷入昏睡状态。我情不自禁地想,或许这张照片就是她留给我们的礼物。

如此悲伤的时刻,她竟然还有本事逗我们发笑,着实符合她一贯的处世风格。

想必那会儿她正躺在病床上,迷迷糊糊地嘟囔着:"终究还是被发现了呢。"然后静静地凝视我们，露出心满意足的微笑。

大家原本已经做好心理准备，会在八月为她送行，不料她竟然好了起来，每日身边都有家人陪伴。对她而言，这是无比幸福的时光，但对家人与朋友来说，这是一段必要的缓冲期。我想大家都需要时间，用来接受她的离开。

从今往后，我们再也无法看到她充满活力的身影。

每当想起这个事实，我的心里便涌起酸涩的情绪。这一年来，她经常对我说："哪怕某天死去，我的灵魂也会继续活在世间。"因此我又觉得，她不过是提前改变了活法，总有一天我们会在别处重逢。

事情的经过大致便是如此。今天，我点燃线香，默默地为她祈祷冥福。

据说燃烧的线香能够为逝者的灵魂提供养分。

说实话，这种说法终究是给活着的人留一份念想。或许只有相信这一点，他们的内心才能找到支撑。

这充满爱意的一生,她已竭尽全力地跑到终点。

好了,今天我从冰箱深处找出一份清水煮过的紫萁,打算做甜辣口味的水煮菜来吃。

冰箱里的食材每日顺利消耗着,看样子依然能够吃上许多天。

自我的色彩

12月11日

这一天，清空冰箱的目标基本达成。

我把空掉的冰箱擦得干干净净的。

又在抹布上撒了些小苏打，将厨房周围的地板彻底擦拭一遍。

窗玻璃被我擦得锃亮，被褥也是洗过的，总算可以舒舒服服地迎接新年。

接下来，我将前往韩国。

活动主办方发来请柬，邀请我参加在当地举办的日韩交流活动，这才有了我生平第一次韩国之行。

明明韩国距离日本并不算远，我却迟迟没能踏上那片土地。

如今，我的大部分作品几乎都被译为韩语。

因此一直在心里琢磨着，希望找个机会造访韩国。

前不久去了一趟京都，配合杂志《七绪》进行现场取材。

这期的主题企划是"穿上和服，备齐各式各样的正月用品，迎接新年"。

名列第一的是襦袢[1]。这一次，我可以自己挑选布料，拜托师傅将它染成我喜欢的颜色。

相当于染色定制。

年轻时，母亲为我做过一件襦袢。布料是很艳丽的粉色，质地厚实，可惜很难在日常生活中登场。

穿着和服时身体极易出汗，襦袢尤为显著。

因此，我时常选择方便清洗的"山寨襦袢"（一种剪裁上类似襦袢的衣服）作为替代品。

反正襦袢是穿在里面的，不需要过分在意。

话说回来，有一次，某位来自京都的友人假装欣赏我的和

---

1. 一种穿在和服内的长衬衣。——编者注

服布料,"这件和服的做工真精良呢",实则快速品鉴了一番里面搭配的襦袢。

京都人,真的很可怕。

不过,我也理解对方的用意。

或许正因为襦袢不是穿给外人看的,所以更能体现一个人的本性。

区区一件襦袢,承载着远胜过一件襦袢的意义。

日常穿着时,旁人无法窥见襦袢全貌,只能瞄上那么一眼。

然而尤为重要的地方,恰恰在于"那么一眼"。

四舍五入算下来,今年我也差不多五十岁了,是时候定做一件做工精良的襦袢。

至于我为自己挑选了何种布料,染成怎样的颜色,还请大家从本期《七绪》杂志中寻找答案!

这一次,为我们的取材提供场地协助的,还有京都的昆布店、咖啡馆、花店,以及香薰铺。

每家店铺都有我喜欢的地方。

然而,通过本次旅行,我也确确实实领教了京都那深不可测的威严,想想便有些不寒而栗。

这座古都的历史太过悠久，底蕴太过深厚，给人轻易无法融入的感觉。

我想，难怪京都人举手投足间透着高贵。

毕竟在对"时间"的感知上，他们与别人是完全不同的。

我请店铺师傅将襦袢与带扬[1]都染成自己喜欢的颜色。

带扬与襦袢类似，乍看之下无法窥见全貌，实则也是格外重要的细节，不同的带扬会给人截然不同的印象。

带扬系得好不好看，很能影响一个人的气质。粗俗或高雅，一看便知。

穿着和服时，既不能将带扬完全藏起，又不能过分显露，因为两者都会显得怪异。如此说来它还真是一件麻烦的配饰。

不过，我暗暗在心底期待，这条带扬会不会在不久的将来成为我的珍藏，并为自己带来好运呢。

光是在脑海中想象如何搭配和服与腰带，心情便已十分愉悦。

就这样，能够定做的和服周边衣物又增加了，让人感觉格

---

1. 位于和服腰带内侧，包覆并固定带枕的部分。

外幸福。

待我下次回来日本,要去店里定做一件襦袢,布料就挑选染好颜色的成品。

今日暂且搁笔,出发的时间已到。

你好，冬雪

12月16日

本次的日韩交流活动在首尔举行，主题为"微小的共鸣"。

活动以音乐读书会的形式展开，我与角田光代女士共同接受大家的提问，分享作品内容与日常生活。后半场是音乐会，配有朗读环节。

背景音乐是由梁邦彦先生亲自演奏的钢琴曲，因此整个朗读过程中，我的情绪都十分紧张。

我为大家朗读了《蜗牛食堂》的一段。

身后的屏幕上附有韩语译文。

就效果来看，我的朗读还算合格。

能在梁先生的钢琴伴奏下朗读自己的小说，这令我终生难忘。

这一次，我十分荣幸能与角田光代女士一道前来韩国。

正午时分，日本大使馆举办了一场午餐会。这场午餐会也给我留下深刻的印象，成为我一生的纪念。

大使公邸建在离首尔市中心稍远的山丘上，我们受邀与其他参加者共进午餐。

长岭大使夫妻温和地接待了我们。

餐桌上的一道道日本料理令人感动，看着它们，我仿佛忘记自己身在异国。

此外，无论是前日晚间享用的韩国料理，还是活动正式开始前发给我们的便当，都很味美。

我不禁有些后悔。这个国家魅力非凡，距离日本又如此之近，为什么自己没能早些造访呢？

果然，亲眼看到与亲口品尝，都是十分重要的。

听说不少读者看完译成韩语的《山茶文具店》，便动身前往镰仓旅行。尽管只是微不足道的细节，然而自己的作品能够成为日韩交流的契机，实在让人心下欢喜。

同时，这一次我也有幸见到了平日里无缘得见的韩国出版社的工作人员，发自内心地感到幸福。

因为工作日程安排得满满当当，所以这一次我的自由活动时间很少，下回一定要专程前来韩国旅行，四处逛逛美术馆，享用可口的韩国精进料理，欣赏白瓷做成的器皿。

离开首尔的清晨，拉开酒店客房的窗帘，一片银装素裹的雪景映入视野。

雪花纷纷扬扬地飘落，宛如在半空舞蹈。

我忽然跃跃欲试，很想在落满积雪的街道上走一走，但又怕耽误回酒店的时间，只好作罢。

接下来的行程安排是，从首尔飞往成田，住宿一晚，翌日再从成田出发，经由赫尔辛基返回柏林。

前来迎接我的，将是柏林的冬雪。

这是我在柏林度过的第二个飘雪之冬。

时隔两个月，睡觉时我的身边会再次有由利乃相伴。

果然，家人之间就是如此依依不舍啊！

在飞往赫尔辛基的飞机上，我看了电影《小偷家族》与《日日是好日》。

两部都是我在日本想看却又抽不出时间观看的片子。能在飞机上从容不迫地欣赏它们，真是幸运。

今天早晨的新闻报道让人心酸。

据说由于周围居民反对在南青山一带修建儿童福利机构，这项计划陷入停滞。看完那些人反对的理由，我不由得哑口无言。

"当初我是想让家里的三个孩子进入南青山的小学就读，才买了这边的土地，建好房子。如今东京物价高涨，学校的办学水平也很高，许多孩子都有上培训班。如果机构里的小孩来了这边，我家孩子的情绪岂不是会受影响吗？"

"我们希望守住南青山地区的品牌价值，也请你们不要让它的土地贬值。"

说真的，若非迫不得已，又有哪个孩子愿意接受儿童福利机构的照顾？

想到现实如此冰冷残酷，我便感觉一阵无力。

当然，并不是所有人都反对修建儿童福利机构，然而，一个不难想象的事实是，与大多数赞同的意见相比，少数反对之声往往更加刺耳。

不过我想说的是，尽管如此，倘若让反对者处于孩子的立场，他们又会作何感想？

试问，一个备受父母虐待、好不容易鼓起勇气向社会伸出求助之手的孩子，却遭遇社会冰冷的眼光，他究竟该将孱弱的小手伸向何处？

难道在这种情况下，还要搬出"自己的人生自己负责"之类的大道理吗？

也许是刚看完《小偷家族》的缘故，我情不自禁地反复思考着这件事。

昨日，不时看见有人扛着等身大小的圣诞树走在街头。

见此情形，我默默地祈愿：希望全世界的人，尤其是孩子们，能够度过一个平安祥和的圣诞节。

GREEN PEAS NO HIMITSU by Ito Ogawa
Copyright © Ito Ogawa, 2021
All rights reserved.
Original Japanese edition published by Gentosha Publishing Inc.
This Simplified Chinese edition is published by arrangement with
Gentosha Publishing Inc., Tokyo in care of Tuttle-Mori Agency, Inc., Tokyo
through Pace Agency Ltd., Jiangsu Province.

© 中南博集天卷文化传媒有限公司。本书版权受法律保护。未经权利人许可，任何人不得以任何方式使用本书包括正文、插图、封面、版式等任何部分内容，违者将受到法律制裁。

著作权合同登记号：图字 18-2021-256

图书在版编目（CIP）数据

倘若有柚子 /（日）小川糸著；廖雯雯译 . -- 长沙：湖南文艺出版社，2022.2（2025.3 重印）
ISBN 978-7-5726-0538-3

Ⅰ. ①倘… Ⅱ. ①小… ②廖… Ⅲ. ①散文集 - 日本 - 现代 Ⅳ. ①I313.65

中国版本图书馆 CIP 数据核字（2022）第 000801 号

上架建议：畅销·日本文学

TANGRUO YOU YOUZI
倘若有柚子

作　　者：[日]小川糸
译　　者：廖雯雯
出 版 人：陈新文
责任编辑：刘雪琳
监　　制：邢越超
策划编辑：李彩萍
特约编辑：万江寒
版权支持：金　哲
营销支持：文刀刀
封面设计：梁秋晨
版式设计：潘雪琴
封面插图：小红书 DOUBLEQ
内文插图：[日]芳　野
出　　版：湖南文艺出版社
　　　　　（长沙市雨花区东二环一段 508 号　邮编：410014）
网　　址：www.hnwy.net
印　　刷：河北鹏润印刷有限公司
经　　销：新华书店
开　　本：875mm×1230mm　1/32
字　　数：131 千字
印　　张：8
版　　次：2022 年 2 月第 1 版
印　　次：2025 年 3 月第 2 次印刷
书　　号：ISBN 978-7-5726-0538-3
定　　价：49.80 元

若有质量问题，请致电质量监督电话：010-59096394
团购电话：010-59320018